Anna Kim

Die Bilderspur

Literaturverlag Droschl

Ein Bild hielt uns gefangen.
Und heraus konnten wir nicht,
denn es lag in unserer Sprache,
und sie schien es uns nur
unerbittlich zu wiederholen.

(Ludwig Wittgenstein,
Philosophische Untersuchungen, 115)

Für Clemens M. Bayer

Suchen

1.

Ihre Hände heißen Greifzu. Sie zwicken in meine Arme und Wangen, winken, flüstern, wie alt ist ihr Mädchen?, vier oder fünf?, klopfen auf meine Schultern und Haare: Otto Einbein, der jeden Morgen in Zylinder, Unterhemd und kurzer Hose Unkraut im Garten jätet, den Stumpf gerade noch durch sein Beinkleid verborgen bei mancher ruckartigen Bewegungen entblößt, den Hut zieht, sieht er uns vorübergehen, und Rosa Einbein, die mir einen Widder zum Einzug schenkt, die Hörner gegen den Scheitel gedreht, das schwarze, gekräuselte Fell aus Plastik, übergossen mit Wolle; wispert, ob ich aus dem Morgenland Abendlandtiere erkenne? Ich werfe ihn hinter den Schreibtisch, neben die Hügel von gestrichenem Brot, das ich nicht essen mochte, während Vater die gleichen Brote auf den Teller lädt, Edith sich am Lachen verschluckt. Länglich ist ihre Gestalt, nicht nur Nase und Mund; die Haare eng an den Kopf frisiert, die Brille der Käfig der langen Augen, dunkel und weich. Man sagt, sie sei jüdischer Abstammung, munkelt, sie sei in einem Konzentrationslager gewesen, habe seither Angst vor weiten Räumen und Plätzen, daher die enge Wohnung für Eine. Sie spricht wenig, lässt ihre Augen bis an den Rand ihrer Brille fallen und wieder zurück, ping pong; das Lächeln jedoch ist weit, als es mich fängt.

Ihr Schopf federt im Fächerkleid über Bücherstapel, die Brille an die Nasenklippe geklammert fällt beim Schütteln des Kopfes zu Boden. Sie habe den Blick längst verloren, sagt Edith, der Bedarf an Antiquitäten sei gesunken, so halte sie ausschließlich den Raum besetzt, montags bis freitags von zehn bis sechs. Unsere Gesichter sehe sie zum ersten Mal … falle ich ihr in die Pause, wir kämen von weit, weit her, von der anderen Seite vom Meer, fuhren bei Nebel und Rauch, schwammen im Flugzeugbauch. Ob ich hierzulande geboren sei, fragt Edith. Nein, sage ich. Der dritte Umzug in zwei Jahren, die Erinnerung in Kisten verschlossen vergessen. Wie alt ich sei? Acht glaube ich gezeigt zu haben. *Emigriert,* sage ich. Geflohen?, fragt Edith. Beruf, antworte ich, Künstler. Ediths Birne leuchtet. Ob sie mir das Geschäft zeigen dürfe? Zwei Räume nur, der Ausstellungsraum und der Rumpel, Regale von Fliesen bis Decke, gefüllt mit Nippes und Büchern, die gesprungene Lampe verbunden mit Pflaster und Mull. In der Mitte des Raumes ein Scheiterhaufen: Stühle, Tischchen, Puppenmobiliar, Puppenkleidung, Menschenkleidung, Spieluhren. *Weißt du wieviel Sternlein stehen?*, fragt sie, legt meinen Zeigefinger und Daumen auf die Kurbel, hilft mir, im Takt zu drehen; eine Spindel, deren Zitzen von metallischen Fingern gemolken Töne wie Staubwölkchen hervorschießen lassen; halte ich sie in meiner Hand, erstickt die Musik, stelle ich sie auf den Tisch, scheint sie auszuatmen. Stell dir vor, sagt Edith, ein Gehäuse aus blauem Holz, auf der Drehscheibe der Hirte bemützt mit Vollmond und Stern, ihm zu Füßen eine blonde Schar Schafe und Engel mit gerupften Flügeln.

Sechzig Kerzen auf einer zweistöckigen Torte, jede einzelne entzündet; Edith formt ihre Lippen zum U, spielt einen pausbäckigen Sturm, die länglichen Backen bescheiden verbeult. Otto und Rosa aus unserem Miethaus rekrutiert, die restlichen fünf unbekannt. Vor dem Fenster wringt es Wolken, in die Lachen fallen Flammen, Edith bessert mich aus, Tropfen, ich widerspreche: Als würden Flammen im Loch ertrinken; ich zeichne sie auf, Edith versteht nicht. Wir kreisen uns auf den Teppich, Edith möchte blinde Kuh spielen, Vater der Erste im Ring. Er hüpft auf angewinkelten Beinen mit verbundenen Augen im Kreis, dreht sich nach allen Seiten, den Kopf gegen die Erde geneigt, um die Balance zu halten. Man lacht und kichert, ruft Regeln, die er nicht versteht, dennoch bleibt sein Gesicht mit Grinsen verziert; ich schummle die Übersetzung zwischen das Kreischen, helfe bei Fallen und Fällen, nennt er mich sein Sprechrohr: Kein Fuß vor die Tür ohne K. wie Kind begleite ich Vater als Schattenspion, Heimlich-Übersetzer, Wanderstab; verteidige ihn vor den Fluten des Fremdseins, die

Kopfbänke bespülen, ein Mal, zwei Mal. Man lässt ihn weitere Minuten das Kreisrund sprengen, bewirft ihn mit Fetzen von Wörtern, die er versteht; das Grinsen erstirbt, bevor man die Lust an dem Spiel verliert, das der Fremde mit Fremdsein verdirbt. Edith greift ein: Wir tanzen den restlichen Abend Polka; ich erzähle Vater von fallenden Flammen in Lachen, ich zeichne sie auf, Vater versteht.

Stumm träumen teppichweit Tuben, Pinsel, Skizzen, begonnene, vergangene, dicht verwoben auf dem Rain zwischen Betthort und Staffelei; ich tanze Seil auf Zehenrücken und Fersen im farbenfreien Raum, wackle meinen Füßen Platz, bis Vater Tuben, Pinsel, Skizzen, begonnene, vergangene, dicht verwoben, vom Rain zwischen Betthort und Staffelei weghäuft, mir ein Teppichnest frei fegt. Zu Radioklängen knüpft er Konturen, filzt sie nach Licht und Schatten, fädelt sie fein auf Pinselgipfel, feilt Farbflocken und Felder. Rau radiert schneit es Gummi. Spuren von Farbe kaum gespritzt auf seinem Gesicht. Terpentin schlängelt in leeren Wolken durch die Rüstung meiner Nase. Inzwischen entfiel mir völlig der Klang seiner Stimme, den Klang seiner Handschrift behielt ich.
Ich lerne den Pinsel zu führen, Kurven, Gerade zu ziehen, ohne zu zittern; die Frau scheint nur mit Vögeln zu sprechen, hält sie sich Vogelluft und Hände. Sie spricht mit Zeigefinger und Daumen, den Mund zu Schnabel gespitzt, die Haare zu Flügeln frisiert: Wären sie frei, würden sie fliegen. Ich lerne die Sprache der Bäume: Vater zeichnet, sie würden schreiben, indem sie Früchte, Blätter, Blüten verschiedentlich verzweigen; mal erzählen sie Abenteuergeschichten aus mündigen Tagen von verwundeten Rinden, mal lassen sie Blüten entlang den Wurzeln schneien, verduften in ihren Geschichten ab in den benachbarten Garten, ein Garten im Herbst, daher der blaue Rasen, die Baumwipfel nur grün. Das Gartenhaus hingegen getaucht in herbstliches Gold, Sonnengold, Büsche und Hecken entflammt. Der Nachbar geht schwimmen (im Rasen): Streift Blau über Blau über Hausanzug, beginnt, sein Haus

einzukreisen: Es missglückt der Versuch zu verwintern. Ich lerne Bilder zu lesen, buchstabiere Farbe für Farbe, Linie für Linie, Fläche für Fläche, lerne das Sprechen, indem mir der Pinsel geführt wird. Die fertigen Bilder lehnt Vater gegen die Wohnzimmerwand, eine Fläche reserviert für das Üben der Vatersprache. Ich habe die Aufgabe, den Bildern Namen zu geben, laut spreche ich aus, was meine Finger mir sagen. Nachts erzählen wir uns Bildergeschichten, er zeichnet, ich zeichne, er liest wie auch ich, und in der Stille ist nur das Atmen zu hören sowie das Lächeln der Münder.

Lina, die mich zum Schwimmunterricht abholt, mit dem Gesicht einer Schwarzwaldpuppe hinter der Plastikglocke; selten trägt sie Hosen, immer das schwarze Trägerkleid mit weißer Bluse, die Haare in Kugeln aufgesteckt. Stürze von ebenen Kacheln in das Nichtschwimmerbecken, von dort, Vögel und Lina hinter mir lassend, in das Chlorblau. Kopfüber rudere ich auf dem Bauch, die richtungsweisenden Zehen gespitzt, der Kopf hilflos verkleinert zwischen den ständig paddelnden Armen. Man stützt mich, dennoch vertraue ich ausschließlich den Flügeln im Becken, zwei Bojen befestigt an beiden Armen, wünsche ich weitere zwei an den Beinen. Dem Mädchen zufleiß heimlich Wasser bewässert, lauwarme Rache für gekürzte Haare, hat Lina erst unlängst beanstandet, sie wären zu lang, sie trocken zu föhnen. Die Wohnung dunkelt bereits bei unserer Ankunft. In der Dämmerung sehe ich gerade noch Lichter verwelken, bevor ich, mit meinem Profil Wange an Wange, dem Dämmern zuvorkommen kann. Allmählich schneien Wolken Lichtufer ein, hinter mir Nacht; nistet sich zwischen den Fenstern und Läden ein, löst meine Augen vom Rumpf; sitze ich nun auf dem Bett, sitzen Augen und Sohlen, der restliche Körper verschluckt. Sie lädt mich im Schlafzimmer ab, knipst das Licht aus, schlüpft durch die Haustür, die sie von außen absperrt. Ich möchte sie bitten, sie offen zu lassen, sie wird nicht auf mich hören, den Schlüssel zwei Mal im Schloss umdrehen. Warte nicht neben der Tür, ich warte neben der Tür, die Ohren an das Holz gepresst, um Schritte zu unterscheiden. Vater findet mich schlafend im Dunkel, die Wangen feucht, bringt mich zu Bett. Vielleicht habe ich nachts beim Angeln der Tür an der Kurbel gedreht, die Spieluhr mit Fingerspitzen und Handfläche umschlossen, der Klang abgemagert selbst auf dem Kopf platziert; vielleicht jedem einzelnen Ton gelauscht im Dunkel, wenn Klänge, verhungert, dicker verklingen, als sie sind.

Ich überrede Vater statt Lina schwimmen zu gehen, gebe vor, schwimmen zu können, war es nicht das, was ich zeigen wollte. Die Arme ausgebreitet, das Kinn auf das Wasser gelegt, hüpfe ich auf einem Bein durch das Becken, vor mir Vaters Rücken, sein Bein, das gleichfalls den Boden nur ungern verlässt. Er dreht sich kurz um, lobt meine Fortschritte, dreht seine Kreise, während ich seine vermeide zu stören. Wir wälzen Wasser eine weitere Stunde, schließlich ermahnt uns der Bademeister, den Nichtschwimmerbereich auf keinen Fall zu verlassen, beizeiten einen Kurs zu besuchen; unsere Blicke begegnen den Zehen am Grund.

Vom Fallen: Vater und ich in der Menge. Verliere seine Hand nicht, verliere sie; verschluckt vom Beinwald, stampfe ich mit einem Fuß nur, der Boden bricht; vergesse den Boden unter den Füßen, umarme Luft. Lande wach auf dem Teppich. Sehe seine Lippen sich bewegen, verstehe die Worte nicht; Vater stottert, ruft Edith zu Hilfe, wartet neben der Tür im Dunkel, lauscht ihren Schritten im Flur. Edith tröstet, schlingt einen Sicherheitsgurt um meinen Bauch, schnallt mich an den Lattenrost; der Gurt sitzt so fest, dass ich nicht atmen kann. Löst Vater den Gurt, lehrt mich das Fangen im Fall: Drei Farben auf der Palette, Gelb, Rot und Blau, sowie Weiß und Schwarz; kariert die Leinwand mit wenigen Strichen, skizziert die Spaziergängerin, die auf Sonnenlicht geht, indem sie dem Schatten des eigenen Körpers folgt, Zehen an Ferse, Finger an Rücken genäht. Ihr Schatten sei leicht, malt Vater, er breite sich aus, halte selbst den Hund zu ihren Füßen. Die Haare habe sie hinter sich ausgebreitet, sie seien ihr Ruder. Sie schwebt auf der Sonne, frage ich, flankiert vom Schatten, fliegt im Fall? Vater hängt das fertige Bild über das Kopfende meines Bettes, es würde mich lehren, das Fangen im Fall.

2.

Während Erstes verdorrt im gelben Licht, die Lippen noch immer esslöffelkurz, zähme ich wandelnde Blätter, übe Fahrrad Fahren im Stehen, lese Bilder in Büchern, jage Schnitzel auf Erde, übe Schweben vom Bordstein, klaue Äste von Kirschen, kratze Augen für Recht, knüpfe Fäden auf Zähne, mahle Erde, Regen, Wind unter Sohlen. Lina vor Vaters Rücken verabschiedet. Sie schlendert, Schwarzwaldgesicht neutral umrahmt, Schulter zuckend zurück zu den Großen, der Kleine, Hansjong Grün, dicht hinter mir. Seine Augen stechen, kraftlos jedoch, spüre ich Wimpern streicheln. Er geht mit großen Tritten trotz kleiner Schuhe, verschüttet den Lärm eines Baggers in Not. Wir spielen zwischen Staub und Spinnen des Antiquitätenladens, bald Galerie, ließ Edith Puppen, Möbel, Rahmen, Nippes versteigern und sich in der Nachbarschaft nieder, zu alt sei sie nun für Altweiberkram. Arbeiter kleistern rohe Farben auf greise Wände im Scheinwerferlicht, sickern Sonnenstrahlen in manche Nischen nur, die Sonnenklinge vom Herbst abgestumpft. Seit einem Jahr geschieden (vom Freitagstänzer im weißen Hemd), kugelt uns Hermine entgegen, Poncho über den Bauch gestülpt, Säfte, Süßigkeiten auf einem Tablett.

Erde sammelt Laub: Frühling verkehrt, der Luftraum vermehrt geleert. Einbeins Rosa erscheint, blendet sich ein, ihr Weiß in das Treppenhausschwarz, linkerhand Käfig samt Kanarienvogel; ein Geschenk. Lüfte ich das Tuch, beginnt der Vogel sein Schweigen, stößt mit dem Kopf an die Stäbe, Decke, beim Fliegen. Wir sind uns einig, tragen den Käfig zum Fenster, ich öffne die Käfigtür; der Vogel hüpft heimlich Richtung Heimat, flieht verstohlen fliegend: Ein gelber Ballon, sonnenzuzweit. Es möchten die Beine frei sein, malt Vater, sie tragen den Rumpf den ganzen Tag, sie können die Luft nicht erklimmen;

doch schnallen sie sich ihre Flügel um (sie haben sie nur zu entfalten), wird Wind sie tragen, beide befreit. Rosa schnaubt Tage darauf nach Willi Rechenschaft fordernd (wir heucheln Anwesenheit), hat sie gefiederte Katzenmäuler erspäht.

Das Wochenende reserviert für den Bergwerkswald: In gelben Gummistiefeln, mit rot-grün kariertem Rucksack (ein Luftballon befestigt am Riemen), stapfen wir zwischen nackten Bäumen; Vater beult seinen Mantel mit Äpfeln aus. Prüft ihre Reife mit Zeigefinger und Daumen, setzt die Klinge zum Schälen an, wickelt Apfelhaut um das Messer, ohne einmal abzusetzen. Wir spazieren, um zu pausieren: Ein See nach der Lichtung mit Sandbank, die wir besetzen, Vater Geschichten aufzeichnet, von der Frau, die Babuschka-gleich ihre eigene Gestalt immer im Auge behält: Kein Pupillenloch, statt seiner die Spiegelung ihrer Person aus drei Perspektiven. Über der eigentlich eigenen Haut trägt sie die Kopie der eigentlich eigenen Haut, eine Nachbildung ihres gesamten Körpers auf das Detail genau, beliebig zu steuern mit eigentlich eigenen Augen, Armen und Beinen. Über die eigentlich eigene Haut streift Babuschkafrau uneigentlich fremde Kleidung, die Haut des verstorbenen Gatten, die Nachbildung seines gesamten Körpers auf das Detail genau.
Als das gegerbte Gattenoriginal an Spannkraft verliert, trotz sorgfältiger Handarbeit, beschließt Babuschkafrau einen Handwerker zu finden, der originalgetreu die vergilbende Gattenhaut kopieren würde. Die Geschichte des Schneiders, der, Hautfetzen um Hautfetzen gegen winzig rote Ziegelsteine ausgetauscht, in eigenen vier Wänden handwerkliche Meisterschaft vollbringt, schnappt Babuschka auf, und nahe der Schlucht, trotz eigentlich eigener Gestalt in der Pupille, öffnet sich ihrem Blick ein bestreuter Strand mit Flocken aus Grau. Ziegelschneider bleibt Babuschkafrau zunächst unerkannt, von weitem mit keinem Haus zu verwechseln, wenngleich es aus seinem Schlot raucht. Klopft an die Scheibe, das Dachbodenfenster, erzählt vom abgetragenen Gattenoriginal,

doch Ziegelschneider lehnt ab, die Kopie kann dem Original kaum entsprechen. Die Gattenkopie, gelagert auf Rücken und Nacken, wird ihr bald zu schwer; versenken wird sie die alte Garnitur der uneigentlich eigenen Haut: Noch während sie die Wellen verfolgt, schwemmt Babuschkafrau mit eigenem Wasser das eigentlich Eigene aus ihrer Pupille fort – und nützt die neue Sicht, ihm nachzuschwimmen.

Nunmehr frieren Regentropfen, segeln auf die Erde, leichter zu lutschen im frühen Dunkel. Rudert flunkernder Vater Vorzimmerkreise, taumelt von Fliese zu Fliese, Schal an die Augen gedrückt, winselt, ich müsse ihn führen, langsam und doch schnell genug, allein Zeit bestimme, was zu retten sei; erinnere mich an das erste Schwarz immer schwärzer, bestehe darauf die Patienten zu sehen, bevor ich Knoten binde statt Schleifen. Er gibt zögernd nach, öffnet das rechte, dann linke Auge, zwinkert, ich hätte geheilt, allein durch mein Wunderfragen. Zehen tippen auf Grund, Fersen boxen Luft, Haare schneiden Wind, Jackenzipfel begehrlich, drei Schritte voraus; Vater wendet den Kopf, kräht mit den Händen Ade, flitzt in die Gartenbucht, Jackenzipfel begehrlich, drei Schritte voraus. Später durchwühle ich Schränke, meine Hände heißen Greifzu, auf der Suche nach armverlorenen Puppen für ein Theaterspiel, während Vater mit Zehen Scheiben wischt, um sich in den Schlaf zu schaukeln. Scherben lasse ich schallen, Gewitterregen, der Blitz der Makel der gelben Tapete, ein rotes Rinnsal festgetropft; Zündholzer sind brennende Fackeln, ehe sie mein Pausbackenwind verheult. Nebel sprudelt aus Deckelschlitzen, verweht automatisch mit dem Ausknipsen des Wasserkochers, zugleich Sumpfbad und Zaubertrank, lasse ich Lauch, Sellerie und Rosenkohl schwimmen. Die Litanei singt der Lockenstab, Zöpfe drapiert um das glühende Auge, die Krokodilszähne bräunlich erwärmt, bevor Vater schwört, vom Schwindeln abzulassen.

Stetig finden Bäume Laub. Zu Ostern jagen wir Eier in Stanniol und Schalen, in Büschen, Pfannen und Öl. Schattenspion-Ich halte mich in der Galerie Grün verborgen, wo in den nächsten Tagen Vaters Ausstellung eröffnet wird. Ich sehe ihn Bilder, Hermine Schilder tragen, vier Stunden halte ich aus. Langsam verabschiedet sich Vater, die Bilder hängen an den richtigen Plätzen, einige jedoch noch uneingerahmt, beansprucht Hermine diese Arbeit für sich allein. Holt aus der Handtasche Pinsel und Tuben, mischt Farben auf einem Blatt, trägt Küken und Hasen auf. Schmilzt Vaters Lächeln, während Hermine Reden schwingt? Ich beobachte, wie er seinem Ärger Luft macht, auf manch Küken deutet, viel Nein in die Wut mischt. Sehe Hermines Verteidigung, Ostermotive seien guter Absatz, sie reibt ihren Zeigefinger am Daumen. Edith ergreift Hermines Partei: Sie hätte es nur gut gemeint, (sie wiederholt *gut*), sie hätte versucht, Völker zu einen, zu hohe Mauern seien seine Bilder. Vater schüttelt den Kopf, rüttelt Hände und Füße, beutelt Wörter hinein, nein, hören Sie, verstehen Sie, versucht Edith zu unterbrechen, sie sieht ihn nicht an, lässt das Wort Heimat fallen, ein Mal, zwei Mal, Vater versteht.

Merkmale erster Flucht: Die Pinsel bleiben gewaschen, gespült. Die Fotografie eines Hauses in seinen Augen: Mit Ziegeln überdacht, von Backsteinmauer umgeben. Am nächsten Tag beobachte ich Vater Bilder, Zeichnungen stapeln, in Kartons verstauen, mit breitem Klebeband versiegeln; die Staffelei zerlegen, Farben sortieren, Kisten füllen, die mit zunehmenden Stunden verkauft, verschenkt werden. Den Zeichenblock, den er in seinen Händen wiegt, erbitte ich für künftige Tage; er wird mir von seiner Stirn verweigert. Vater beginnt, Privates zu bündeln, Papiere zu horten, Kleider zu packen. Ich frage warum. Er versucht zu erklären, nimmt Wörter zwischen die Zähne, bringt knirschend die eine, andere Ausflucht hervor. Stottert, ich müsse bleiben, ich hätte mich angepasst, er wolle keine Wurzeln ausreißen, er aber müsse gehen, er deutet auf das Haus, das rote Dach, die kletternden Ziegel, Heimat haben.

Vater nimmt Abschied von Fremdem: Sein Zwillingsauge zwinkert Ade, flattert Lächeln in Falten. Steppt seine Bilderburg über das gelbe Meer, schnürt einen Schatz für K. wie Kind? Das Schloss scheint nah. Ob ich ihn besuchen dürfe? Edith bekräftigt mit einem Nicken, wir nicken im Takt, begleiten Vater zum Gleis, winken, bis weder Rauch noch Tröten. Noch heute die Frage, ob er sich eine kleine Träne im Augenwinkel nicht verkneifen konnte, ein Tränchen, das von Zugluft weggewischt wurde, vielleicht von meinem Gesicht aufgefangen, da ich glaubte, für kurze Zeit, Regentropfen zu spüren.

Die Flut in den Augen aufgeschoben für später, für das Danach: für das Stehen im Raum, um Stille zu riechen durch Nase und Bauch. Sitze den Pfirsichpuls glatt, spiele purpurn Nachtgedeck; fliege zwischen den Ästen, wirble Blätter mit Stimmen auf, während Erstes verdorrt im gelben Licht, die Lippen lang nicht mehr esslöffelkurz.

3.

Knospen in Kästchenregionen knittern frostblau; Wälder welken zwischen Winden, beuteln grüne Perücken von Blättergiebeln. Die Hügel ineinander verkeilt, Pfade zöpfelang verflochten, berichten von Bergen in Stein, schlucken, spucken Stein, um Manches gemahlen zu malen. *Edith versteht keine Bildergeschichten:* Zwischen Fingersocken, auf- wie auch abgerollt, tanzt man Spagat in der Luft, der Kamm gegen den Scheitel geweht. Am Horizont entfalten Türme der Stadt Vögel und Dächer, die Anker an Taue geknotet für den Fall der Landung. Ich folge dem Stadtkern, wo man mit Kreisen, Quadraten jongliert. Flieht man auf Armen, kann man nicht zahlen, dreht Runden im Zentrum, lässt jagen, bevor man in Löcher entschlüpft. Am Marktplatz reicht man einander Waren von Schnabel zu Schnabel, trägt Augen im Hochstand und Bart. Ein Gesicht nur wurde vergessen, an dessen Wimpern man zupft, möchte man Wasser ernten. Unter der Nase lässt man Faltboote schwimmen, jährliches Schwimmen um Marktplatz und Dom. Es sitzt auf Grasdächern, den Bergfried im Acker versteckt.

Selten habe ich Meer wüsten gesehen, lebe ich Edith das Vaterversprechen vor, deute auf Bildelemente, die es gilt, zu entziffern: Ihr Gesicht durch eine Wolke getarnt, empfinde ich kaum Unterhaltung trotz wippender Nasenspitze in meine Richtung. Ich habe sie bald hinter mir gelassen, hält sie sich strikt an das Rot ihres Ampelkleides. Tropfe voraus, indem ich den Punkten der Zeichnung folge. Inzwischen schleicht Edith über Zehenspitzen, die Zunge durch ein Brett beschwert; sie hat vor Jahren bereits ein Auge auf das Buch geworfen. Das Zimmer liegt friedlich im Dunkel, die Türen lehnen entspannt im Rahmen, die Fenster sind von Tau beschlagen. Sie wälzt sich im Deckental, versucht sich am verlorenen Auge und guten Mutes gleitet sie schattiger Weise in ihr Eigenheim, erkundet im Kasten das Eine: Sie liest die Geschichte des Bildes in ihrem Himmelbett aus dunklem Holz, wo sich die Allee der Bettpfosten verzweigt; zwischen Kegelbäumen sitzen Blumenkisten, gefüllt mit Zement aus Elefant. Sie liest Wort für Wort, murmelt das Eine oder Andere, während Sätze aus Ohren wandern; bald schnarchen Lider sanft im Takt. Ich kauere mich hinter den Vorhang, sehe zu: Über ihrem Nacken schaukeln Wadi und Sümpfe, beflügelt durch das Schattenschwimmen die Zimmerwand entlang, als meine Zwillingshände versuchen, sie einzufangen. Schlaf sammelt sich über dem Bett, sie seufzt, murmelt, lacht. Hinterrücks keimt ElefantUNKRAUT.

Am nächsten Morgen steht der Bildband im Bücherregal neben den anderen Büchern, *Woran erkenne ich gotische Kunst?* Edith schüttelt bekümmert den Kopf, sie verstehe mich nicht, so sehr ich erkläre, sie sähe es nicht: Über das Tischtuch gebeugt fletschen wir Nasen, rütteln an Armen und Beinen, fast scheint es, als wären wir blind auf den Zungen, wie konnten wir Wörter verlieren. Edith entschuldigt sich, ich sperre mich ein, mit Kirchturm und Kutscher ohne Kutsche und Pferd; die Arme eng an den Leib, den Bauch eng an das Eis gepresst, poliert er den gefrorenen See. Unter den Achseln rollt sich der Schnee, auf den Haaren züngelt weiß und schwarz ein Gebüsch, entflammt von der Reibung der Luft. Die Zunge schnalzt Hühott aus dem Takt, die Peitsche kullert den Eisberg herab, sein Hut schwebt über den Gipfeln der Stadt. Ist endlich das Eis spiegelglatt, versammelt man sich am Ufer: Man sieht Leben unter dem Wasser, unter den Schichten und Schichten von Schnee, sieht sich selbst, ohne in Eis zu versinken. Von ferne höre ich Klopfen, Rufen; Edith sagt, sie möchte mir Familie sein, Mutter und Vater. Rolle an Enden und Ecken, rolle aus, rolle ein, entrolle den See aus dem Kasten sowie ein Ruder, Regencape für die Bücher und Bilder. Das Loch an der Wand stopfe ich zu, um sicherzugehen, dass nichts entrinnt. Das Ruderboot schaukelt sacht auf dem Wasserrücken, plätschert heimlich auf

Zimmerparketten. Edith ist gegangen, ich habe die Tür ins Schloss fallen gehört; ich setze mich in das Boot, beginne im Kreis zu rudern; hin und wieder setze ich aus, lasse Füße im Zimmerteich baumeln, meine Zehen streifen den Grund, wen könnte das stören, lehne den Kopf an den Bug.

Fischt mich aus meinem Exil, sagt, sie sei traurig, lässt die Augen vom Rand ihrer Brille fallen. Ich frage wo. Glättet Edith Atlasseiten mit Dampf, bügelt Finger und Papier, bittet, die Tür nicht zu versperren. Deutet auf das Profil des Hasen im gelben Meer, und doch weiß ich nicht, wo Heimat liegt. Verbringe heimliche Stunden vor dem Spiegelgesicht, studiere die Augen herab. *Aus dem Gefühl des Fremdseins zum Ich entspringt das Gefühl des Fremdseins zur Welt.* Ein Fehler scheint unterlaufen: Innen und Außen unversöhnlich. Stört Edith: Ich wäre eine von ihnen, so könne sie mir Vater und Mutter sein, innen verwandt. Seite an Seite am Mittagstisch vermeide ich, ihre Seite zu stören; sie sagt, sie möchte nur Eltern sein, ich sage, ich möchte den Abschied nicht.

Heimlich in sein Atelier zu schleichen, sich bei verschlossenen Jalousien vor dem Bildwerk aufzupflanzen, die Fersen gegen den Teppich gestemmt, den Hals aus dem Panzer gestreckt; den Schlitze durchwandernden Lichtstrahl abzupassen, Ausschnitte stundenzusehen: Schneit es Palmkätzchen naseweiß? Eine schmale schneebedeckte Landschaft; Sonnenstrahlen, in denen das Weiß verwelkt; im hellen Dunkel das Platzen von Tontrauben *einer* Art: Das Bild sei ein Geschenk für mich, antwortet Vater von Fernland zurückgekehrt; ich wache neben der Tür, unterscheide Schritte mit einer Ohrmuschel am Holz, das Schnalzen des Schlosses rüttelt am Gehörgang; halte den Atem an für mehr als eine Minute, die Bedingung, zu der Vater aus Fernland entlassen, zurückkehren darf. Lasse mich in seine Arme fallen, unerwartet, trotz Orakelspruch; den Kopf möglichst gerade zu halten, um Freude im Lachen zu verbergen. Im Geheimen ausgemalt (auch Geschichten, Geschenke aus der Ferne), wie die Ankunft verglückt werden wird, scheine ich erwacht nach Wochen Winterschlaf; Vater nimmt beide Backen in seine Hände, drückt leicht zu, wendet sich schlafen; den Polster auf Lippen und Ohren gräbt er sich für mehrere Tage ein. Durchsuche seine Tasche: Manuskripte, Bücher, Kalender, keine Zeichnungen; einige Münzen, die ich erbeute, einen Kugelschreiber. Verstecke den Schneefall.

Meine Hände heißen Greifzu. Wühle nach Verbliebenem, Zeichnungen, Bildern, in Schubläden, Kästen und Taschen; auf meinen Raubzügen stoße ich an eine Briefkiste, manche Briefe sind zerrissen. Wühle weiter, greife Münzen, Vaters Stimme hinter meinen Ohren spuckt Feuer, sein Gesicht eine Stichflamme, ehe ich mich versehe, donnert es Fragen: Was Dieben geschehe? Flink die Säge hervorgeholt, Handgelenk an ein Brett gelegt, ob ich jemals wieder? Nein, nein, quieke ich, nein, er lässt ab, ein Schmunzeln auf der Nase, wedelt mit der Säge, ich soll doch so gut sein, lässt sich auf sein Bett fallen, umarmt Decke und Polster, nickt ein.
Vater macht Fliehen nicht glücklich, bedeutet es doch nur die ständige Rückkehr ins Fremdvertraute; wenn auch mit Handgepäck.

Die Abschiede: Die Fahrt zum Flughafen verkürzt sich nicht uns zuleide. Vater versucht sich an Fragen, durchmustert mein Gesicht. Versucht, mal in seiner, mal in meiner Sprache Abschiedsworte zu finden. Beobachtet ihr Entkommen. Fängt eines ein, lässt es von der Zunge taumeln. Fremd taucht es in meine Ohren, der fremde Klang in den Gehörgang gesperrt, glaube ich mich Jahre später erinnern zu können. Es fällt mir schwer, eine Antwort zu geben. Ich nicke. Glaube Bedauern stottern zu hören. Antworte ich schließlich in meiner Sprache, Fremdsprache, lese ich Nicken zurück. Das Abschiedreden unterbleibt. Wir fasten Wörter. Geborgen in Schalen hören wir Echo, die Zunge mein tragbarer Himmel. Die Passkontrolle finden wir auch ohne Schilder: Das erste Mal noch Ausschau

haltend, den Blick an das Zifferblatt der Uhr geheftet, um das Flugzeug nicht zu versäumen, hastiger Abschied, schon scheint es eigenartig, dass er noch unter uns *weilt*. Ein letzter Versuch, diesmal spricht er von Abschied, ich erwidere nichts, er dreht sich noch um, bevor sich die Tür hinter ihm schließt; wünschte, ich hätte erwidert.
Abschiede reichen einander die Hand: Ein Winken, unfreiwillige Tränen, verstohlen verwischt, versucht, mit Lachen abzulenken; man sieht sich, es ist nicht lange, man sieht sich bald, ruft man zurück; die Lider gesenkt schützen vor forschenden Blicken, Buchstaben in die Länge gedehnt, selbst das Drücken der Hand gewissenhaft ausgeführt.

Ein Mittagsritual: Edith knausert zunehmend mit Lächeln im langen Gesicht, die Finger ständig Schläfen massierend, während ich Wannenheimat spiele, den Zahnbürstenkranz im Haar. Spinnt Faden um Faden vor meiner Tür, paddelt auf Hockerkanu ihre Runden, wetzt Sohlen und Zehen, baut eine Burg aus Pfannen und Töpfen, gibt Rauchzeichen durch das Heben und Senken der Deckel, kostet die eigene Speise. Edith ist Teppichmeister, rupft, zupft an der Teppichweide, achtet auf den Glanz des Teppichhaars, fächert Geduld. Schmollt mit maskierter Stimme Verständnis, lispelt ein letztes Mal gegen die Tür, ehe sie die Wohnung verlässt, ich das Essen verschütte.

Pakete sind Schätze, in seinem für meinen Namen gepackt. Sie werden durch den Kurier mit der Klingel gebracht, der sie seinem ledernen Sack entnimmt, den Globus am Schlüsselbund dreht, deutet und fragt. Auf dem Packpapier kleben Briefmarken, Tiger zwischen Bambusstäben, Seerosen. Ich schneide sie aus, hebe sie auf. Schnüffle vorsichtig durch die Verpackung. Ein Schwall fremder Luft duftet aus der Schachtel, fliegt in meine Nase; die Lawine rollt kurz, bleibt an den Händen hängen. Der Inhalt: Handversponnene Farben auf Tausendfüßen im weichen Blattbett.

Die Ankünfte: Zwischen Schildern, Blumen und Hunden wird mir die Sicht auf den Durchgangskreis in der Ankunftshalle erschwert. Ein Gesicht hüpft hinter dem nächsten, das Recken der Hälse Flughafensport. Mit meinen Augen im Hochstand warte ich die Reaktion der Ankömmlinge ab, habe ich wiederholt falsche *Exoten* als Vater begrüßt. Drehe den Signalfarbenpullover nach allen Richtungen; das Fähnchen gerade noch verkniffen, lasse ich mich erkennen in der Hoffnung nicht erkennen zu müssen. Zwei Koffer umklammert, gibt mir Vater zur Begrüßung Stachelhaut mal zwei; aus der Brusttasche fällt die Rückflugkarte.
Während Vater hinter verschlossener Tür Kofferinhalte schlichtet, schleiche ich ins Freie, gehe meine Vaterrunden: Zeit erscheint abträglich. Kehre ich zurück, achte ich darauf, dass die Sohlen den Boden nur streifen. Ich sehe seinen Kopf auf dem Leintuch, ein Lächeln vielleicht in den Haaren? Vaters Lippen scheinen versiegelter noch als die Ankunft zuvor, habe ich niemals einsamer atmen gehört. Jedoch hat sich der Schlaf schlafen gelegt, die Arbeit nimmt überhand, Universität in allen Winkeln, Bücher gestapelt auf, neben, unter dem Schreibtisch. Wir schleichen noch immer, jeder seine eigenen Wege in der Erwartung, einander nicht zu durchkreuzen. Nasenbluten, das ich beobachte, manche Pfade lassen sich nicht vermeiden, so jener ins Badezimmer. Tropfen der bekannten Farbe, nachlässig verwischt; ein Anruf des Hausarztes, die Helferin bittet mich, das bestellte Medikament abzuholen, ich schreibe die Nachricht in Vaters Kalender. Am nächsten Tag sind meine Worte unkommentiert.

Das Rufzeichen hinter meinem Namen purzelt leise hervor, ein Arzt!, ein Arzt!, ich höre kaum, frage nach, mein erster Impuls Ärger, wieder ein Arzt!, er sei krank, erst jetzt bemerke ich sein rotes Gesicht, vergeude Zeit mit Fragen, wähle, verwähle mich, als er mich unterbricht. Wieder spannt sein Grinsen Haut um Lippen und Wangen, wie könne ich nur so gutgläubig sein nach all den vergangenen Versuchen? Väter-

licher Schalk sitzt mir im Hals, obenauf ein Frosch. Den Apfel zum Röten auf das Fensterbrett gelegt, prüft er die Reife mit Zeigefinger und Daumen; setzt die Klinge zum Schälen an: Immer wieder bricht Apfelhaut.
Im nächsten Zeitraum von zwei Jahren begrüßen wir uns acht- und verabschieden uns siebenmal. Wir lernen routiniert zu schlucken; keine Sprache passt sich unserem Verständnis an. Kloß zwischen den Zähnen verhindert alles. Einmal überrascht er mich bei einem Schauspiel, kauert sich zu mir in die Koje hinter die Sofasessel, übernimmt restliche Rollen. Ich verbessere seinen Akzent, jedes Wort, jeden Satz. Eine Silbe Scham versinkt, nicht tief jedoch. Das Fühlen im Raum, Gehen von Zimmer zu Zimmer, Schnuppern an Ecken und Enden, ein Wachsen der Leere im Bauch werde ich vergessen, mich einmal noch wundern, vielleicht die Erinnerung an das *Tun* vermissen, aber nicht sehr.

Regen fiel in kurzen Tropfen gegen acht Uhr morgens an den Rumpf meines Weckers; wie ich verschlief, verschlief auch er. Eine Stundenhälfte darauf erst aus dem Haus, Vaters Schuhe stehen noch auf der Matte. Gegen zwei Uhr mittags wieder zu Hause, sie stehen unverändert, ich klopfe an seine Schlafzimmertür, er meldet sich nicht, es prasselt Regen, ich lasse ihn schlafen, vermutlich spät geworden letzte Nacht. Vier Stunden später klopfe ich wieder, er meldet sich nicht, ich lasse ihn schlafen, vermutlich spät geworden letzte Nacht wie die Nächte zuvor, verschläft Nächte und Tage, auch malt er wieder auf Schlaf nicht auf Leinwand. Zwei Stunden später klopfe ich an seine Tür, klopfe in verschiedenen Rhythmen, Tiefen und Höhen, rufe ihn zwischenzeitlich, bitte ihn aufzustehen, totenstill, bohre die Ohrmuschel in das Holz, kein Schnarchen, kein Atmen, totenstill? Sie brechen die Tür auf, er scheint zu schlafen, sie versuchen ihn zu wecken, er antwortet nicht, sie untersuchen seinen Puls, man spricht von Gehirnschlag, warum ich nicht sofort, warum nicht. Warte nicht neben der Tür im Dunkel, ich warte.

4.

Ich verfolge jede Spur, sind ohnehin die Möglichkeiten zu suchen oder zu finden beschränkt; wie könnte ich absichtlich eine übersehen. Würde sich meine Suche als vergebliche enttarnen, würde sich das Gefühl des doppelten Verlustes einstellen: das Bewusstwerden von Vaters Abwesenheit wie die Gewissheit der Unmöglichkeit eines Wiedertreffens. Ich habe mit den Mitteln Erinnerung und Zeit gesucht, Suchen als Zeitreise: Wie bemesse ich ihre Dauer? Eine Ewigkeit. *So stehen sich Ewigkeit und Zeit gegenüber oder lugt Ewigkeit in Zeit, um als Ewigkeit zu sich zu kommen, um Zeit in Zeitlichkeit, den Zeitpunkt zum Augenblick zu verwandeln, in dem durch ein Blinzeln des Auges Zeit und Ewigkeit sich berühren.*

Man findet mich schlafend, ein Orgelabdruck auf den Wangen. Maulwurfe mich von der Bank, werde von Edith untergehakt. Inmitten des Weißgebirges, verbundener Kopf, bedeckter Bauch, sein Talgesicht vor den Deichen aus Bein. Eine Nadelstation auf dem Handrücken. Aufgefädelte Flaschen verbunden mit dem Gitterbett. Die Gitter ausgefahren. Seine pünktlichen Atemzüge, leises Geräusch laut vertont. Er scheint zu schlafen. Lider zucken Lieder, trippeln links und rechts. Im Schädel Blut gesaugt, ein Loch in den Hals gestanzt. *Wäre ich sicher, Vater zu finden, würde ich nicht suchen, hätte sich der Verlust noch nicht vollzogen.* Regenstriche auf dem Fensterglas, ein feiner Strich, sichtbar nur, pfützenstarre ich unverwandt. Ich warte. Edith im Ärztetrab, streitet um halbe Tropfen. Hätte ich.

Nach einem Monat der Wechsel in die Station. Vater im Knochenkostüm. Kneife in seine Arme, greife Haut. Noch immer kein »April, April!«. Seinen stammelnden Humor insgeheim erwartet. April versäumt. Besichtige weiße Wände, Kästen,

Kacheln, Stühle. Überhöre weiße Edith. Sie wispert, ich solle mit ihm sprechen, er könne mich hören, werde meine Stimme erkennen. Ich sage, ich wüsste nicht, was ich mit ihm besprechen sollte. Sie bittet mich, ihn zu grüßen. Ich weigere mich, mit Luft zu sprechen. Sie drängt. Ich sage, ich wüsste nicht, in welcher Sprache. Sie stutzt. Einerlei. Es widerstrebt mir, ich fühle, ich sollte ihn nicht stören. Er könne mich nicht hören, sage ich. Sie hat diese Antwort erwartet, heftet die Augen, ping-pong, auf meinen Mund, wispert, benutze ihn, jetzt, bevor sie geht. Ich warte, bis sich die Tür hinter ihr schließt. Schiebe mich dicht an sein Ohr, flüstere fremden Gruß. Beginne mein Schweigen. Sprechen zu üben, nicht Schweigen, höre ich Edith später zwinkern, sprechen, nicht schweigen.

Die meiste Zeit wach, löchert Vater Wände. Edith hat mich gelehrt, mit Luft zu reden, Gefühle, meine wie seine, zu ignorieren. Ich setze mich auf das Bett, spreche laut und deutlich meinen, seinen Namen, massiere seine Hände und Füße, mehr ein Tasten denn Walken, der Körper vergleichsweise kühl. Ich glaube, Gegendruck zu spüren, wenn ich seine Handfläche drücke. Massiere nicht nur Hände und Füße, auch Augen und Ohren: Stelle mich in jede Ecke, rufe seinen Namen, warte auf das Folgen der Augen, wiederhole die Übung täglich. Man füttert ihn Flaschen, klopft Nahrung von Spritzenspitzen. Sein Gesicht rosig, noch immer der Blutdruck zu hoch, zweihundertzehn zu einhundertachtzig, die Zahlen verstehe ich nicht, Edith hat mir die Grenze zwischen den guten und bösen genannt. Kein Durchfall seit einigen Tagen, sagt Edith, verlangt nach einer Arznei gegen hohen Blutdruck, der Arzt möchte noch abwarten; seufzt sie freundlich aus dem Weg?
Ich lese vor: Schriftzeichen der Fremde Strich an Strich neben der vertrauten Übersetzung, die Kalligraphie gespiegelt von Bild auf Zeile. Ein Liniensammeln, Stricheraten, Abstauben vergangener Sprache; er liest mit mir, sein Blick auf meinen Lippen. Glaube ich an Wunder.

Das zweite Jahr. Meine Hände heißen Greifzu. Klaue Vaterbilder, beginne Buchstabiersalat: Zeigefingerwandern über Form und Farbe, Vaters spitzer Finger neben meinem über Berg und Tal, ist Zeit uferloser Fluss. Unser Fingerverein irrt Fauna hindurch, stockt mit steinernen Strichen. Führe Vater am Ärmel, lotse ihn zu den befiederten Fischen, deren Beine Violine spielen, während ihre Flossen durch die Lüfte paddeln. Passieren Lamettalaub. Zwitschern dem Kreisverkehr ein Zittern hinzu. Farbe kämmt Pinselhaar auf das Blatt. Finde Knospen Vergangenheit in der Gegenwart. Ich lehre das Sprechen der Bäume, ihr Blütenlachen, Ästefluchen. Zwischen Bleistiftwellen im papierenen Teich die Nadelstation auf Vaters Handrücken. Ein Veilchen um das Einstichloch. Schläuche schraffieren Schatten auf seine Arme. Unsere Musik sein pünktlicher Atem. Nehme Vaters Hände Huckepack, strichle Wort und Bild. Sein Nacken kissengestützt zaubert lachende Augen.

Bäume, die sich in seiner Pupille spiegeln, schiebe ich Vater rollstuhlspazieren. In eine Decke geigelt, betrachtet er Landschaft, betrachte ich Landschaft in ihm. Der Pfad rollt über den Fluss, im Herbst ein Laubversteck, im Sommer ein Mückenleck. Wir verharren kükengeborgen im Nest, überwachen das Zähmen von wandelnden Blinden, Lesen der hustenden Tauben. Hoffnung, wohlgenährt, beginnt Orakelspiele: Weiche ich nicht von Vaters Seite für sieben Stunden, werden sich seine Beine erholen. Weiche ich nicht von seiner Seite für acht Stunden … Ich wache auch nachts, habe ich Angst, es werde sein Atmen erschweren, rücke ich von seiner Seite. Ich lese ihm Bilder vor, lese vom Fliegen im Fall, vom Löschen der Tiefen mit Terpentin.
Am Ende des Jahres wachsen am Becken zwei Becken, zwei Wunden, der Anfang der Löcher, vier breit, vier hoch, zwei tief, an den Rändern schmerzlich schwärzlich verfärbt, Dekubitus, spucken die Ärzte.

5.

Im dritten Jahr: Haut und Knochen mein Vater, nur noch Ohren und Hände, die leben: Bei jedem metallischen Laut, jedem Schnalzen der Tür, ballen sich seine Finger zu Fäusten, pressen sich eng an die Brust, als wolle er Widerstand leisten. Zu viele Eingriffe, murmelt Edith, zu viel Schmerz. Wir haben das Lesen, Sprechen aufgegeben, Vater reagiert nicht mehr, hält seine Augen geschlossen. Kein Bild entlockt ihm Malen, kein Druck Gegendruck. Wäre sein Atem nicht an die Maschine gebunden, würden wir sein Sterben vergessen. An seinem Becken zwei Becken, zwei Löcher, vier breit, vier hoch, vier tief; man hat Medikamente verschrieben, zeitweises Braten der anderen Seite, es scheint sie jedoch nur zu düngen. Man sagt, sie würden Vater verschlucken, Bissen um Bissen. Er ist mir fremd im Sterben. Öffnet er kurz seine Augen, erkenne ich ihn nicht. Eine eigenartige Stille umgibt ihn, zwingt mich, seine Stille mit meiner zu übertreffen. Wir sind müde. Edith bittet mich, mit ihm zu sprechen. Ich sage, ich wüsste nicht, worüber. Sie sagt, über Vergangenes, Gegenwärtiges, die Stille durchbrechen, Sprechen zu üben, nicht Schweigen. Ich sage, ich wüsste nicht, in welcher Sprache. Einerlei, sagt Edith. Ich sage, ich hätte nichts zu sagen. Edith resigniert. Vater gähnt, sein Oberkiefer springt aus dem Unterkiefer, die Zahnkufen reiben auf der Zunge, Edith unterdrückt ihr Schweigen, sagt, sie wolle einen Arzt rufen. Fäustlinge vor der Brust, ein Paar, eng aneinandergedrängt. Die Augen weit geöffnet. Ich versuche, sein Kiefer wieder einzurenken, es gelingt mir nicht; ich denke, ich möchte nicht mit ihm sprechen, ich müsste sagen, fremd werde er in der Fremde sterben.
Während wir den Orthopäden erwarten, fragt Edith, ob ich mich von Vater verabschiedet hätte. Schlucke meine Orakelspiele, wache nicht mehr nachts. Warte, warte worauf. Lausche dem Krachen des Kiefers; der Kieferorthopäde mit

aufgekrempelten Ärmeln, Gummihandschuhen, wendet mir seinen Rücken zu, renkt ein, bevor er den Raum verlässt, nicht mehr lange, Vater werde das Jahr nicht überleben.

Ich hätte gesagt, stets stirbt der Fremde, nie der Nächste, hätte ich gewusst, in welcher Sprache. Zimmer siebzehn eins eins: Ich schlüpfe durch die Tür ohne von Edith gesehen zu werden. Schließe sie so leise wie möglich, dennoch Fäustlinge vor der Brust, ein Paar. Wische kurz über sein Gesicht. Er öffnet seine Augen, schließt sie nicht, auch nicht, als ich sie mit meinen Händen bedecke. Auf der Wange Schorf. An seinem Kopf die ersten Haare, die nachwachsen, die Naht auslassen. Seine Schultern durch die Seitenlage verschmälert, Kinderschultern. Die rechte Hand zieht an dem Laken, hält den nackten Oberkörper bedeckt. Ich entnehme dem Schrank eine Decke, breite sie über ihn. Sein pünktlicher Atem. *Er ist mir fremd im Sterben.* Eine Schwester bittet mich, ihr beim Wenden von Vater behilflich zu sein; sie spricht kaum, ihr Schatten eilt ihrem Körper voraus, klebt an der Nase, nicht an der Ferse, vielleicht kann sie fliegen, im Fall, denke ich, flüstert »Auf Wiedersehen«. Ich nehme meine Jacke, ziehe sie an, im Gehen, ziehe die Tür ins Schloss, sehe noch in den Augenwinkeln Fäustlinge vor der Brust, ein Paar.

Merkmale zweiter Flucht: Splitterfest packe ich Kleidung und Geld in den Rucksack, gieße die Pflanzen, taue den Kühlschrank, hinterlege auf dem Wohnzimmertisch Sparbücher, Schlüssel. Hinterlasse weder Geburtsurkunde, Reisepass, Staatsbürgerschaftsnachweis noch Taufschein, Meldezettel, Zeugnisse. Schiebe den Hausschlüssel durch den Briefschlitz, sehe mich nicht um, letztes Orakelspiel. Ich habe den April versäumt. Der Nachbargarten ein Rauchfang: Schleicht beißend in meine Augen, in meine Nase. *Noch heute die Frage, ob er sich eine kleine Träne im Augenwinkel nicht verkneifen konnte, ein Tränchen, welches von Zugluft weggewischt wurde, vielleicht von meinem Gesicht aufgefangen, da ich glaubte, für kurze Zeit,*

Regentropfen zu spüren? Das Zuginnere mit Regenwasser zu stempeln, Platzkarten zu vergleichen, Taschen einzuschlichten; ein Wettfahren gegen Wälder, Fließen gegen Gleise. Zugvögel ziehen mit mir, ihr Lächeln verschämt. Wäre sein Atem nicht an die Maschine gebunden, würde ich sein Sterben vergessen? Eltern flattern leb wohl. Ich sehe mich nicht um, letztes Orakelspiel.

Wie wenig *es war* wirklich war? Ich hätte gesagt: Er konnte erzählen, fliegen ohne zu sehen, fallen ohne zu gehen. Trotz eiserner Konstitution überraschend oft krank, winselnd und keuchend im Bett, Kopf wie Hals eingemummt, das Thermometer unter der Zunge, Vater, Krankheit persönlich. Ich bringe ihm Suppe, wärmende Flaschen, Obst und Gemüse; im nächsten Moment ächzt, stöhnt er, lässt mich Telefonbücher holen, den Notarzt rufen, das heißt, knapp vor dem Telefonat geht es ihm besser, im nächsten Moment rundum gesund. Ein anderes Mal fasst er mich an den Armen, umklammert die Hände, bittet mich, ihn persönlich zum Arzt zu führen, seine Augen würden erblinden, schon sehe er Schwarz immer schwärzer, ich möge ihm seine Schuhe suchen und schnüren; verheddere mich, binde Knoten statt Schleifen, denke mir das Schwarz immer schwärzer. Plötzlich umarmt er mich: Wie wundersam seine Heilung, er könne nun sehen, die Lippen vom Grinsen zum Reißen gespannt … Noch während ich die Rettung rufe, ich spreche deutlich, sehr laut, glaube ich jeden Augenblick seine Stimme zu hören, sein Lachen, das sagt, es ist aus, es war gut. Jede Sekunde würde er aufstehen, das Kostüm von den Knochen streifen. Manchmal die kleine Frage, wie kann ich sicher sein, dass er überhaupt lebte, Leben wie Tod nur Fiktion. Er spielte den Tod vor, so viele Male, warum sollte ich glauben, warum jetzt. *Ich werde glauben, er sei nie gestorben.*

Ich nehme Urlaub vom Abschied. Eine Reise in Richtung Passau über die Grenze. Fäustlinge vor der Brust, ein Paar. Ich lerne das Fliegen im Fall; mein Schatten an meine Ferse, an meine Schultern geknüpft, lasse ich mich teppichbreit über die Grenze treiben, in den Norden an die Küste; den Horizont zu sehen, Namensvetter des Vaters: An stillen Tagen das Schwimmen der Wolken auf Wellen, umringt von anderen Wolken. Bei Regen das Köpfeln der Tropfen von einem ins andere Meer.

Finden

1.

Tour durch das Heim mit Blumen auf der Suche nach Mutters Schwester; ein Hangeln aus Schwesternmangel von einem zum nächsten Bettpersonal. Kreuze Fußfahrer, die in scheinbar unermüdlichem Gebet auf Drahtesel gestützt Schneckentempo verpuffen, das Knarren der vorderen zwei Räder das einzige Geräusch (Vorhof zum Friedhof erinnere ich mich, gehört zu haben), selbst das Atmen bemüht geräuschfrei zu halten. Stoße auf zwei alte Verrückte, Adèle und Iris: Ob eine Führung gefällig? Sie tätscheln meine Hand, bevor sie mich hinter den Vorhang ziehen, Fenster verschließen, die Tür versperren, in der Mitte des Raumes einen Tisch aus Landkarten falten und legen, aus den Hängebäuchen der Pflegeheimkittel Kuchen zaubern, Tassen, Teller und Kanne. Sie sehen, sprechen sie Kanongesang, Jona im Wal-Mosaik, Jona aufrecht neben Jona lebendig verschluckt. Der Wal lasse sich Strumpfhosen wachsen, in die Jona schlüpfe, um auf dem Meeresboden zu waten. Jona bleibe nicht hungrig, versichern sie mit schwindelndem Lächeln, aus Poren ziehe er Nahrung und Spielzeug für Tage auf stillem Meer. Seebärenparadies flüstern sie, meiden in Gedanken versunken den Walkopf, die trippelnden Beine, bitten zu Tisch, ein Kartentisch gedeckt für Drei. Wir *speisen*, während Fuchs im Kaffee ertrinkt, Dachs an Obers erstickt, es Staubzucker über Eule regnet; Rehkitz unter des Messers Schneide. Sie jonglieren mit vier Brillen, gestehen unter schwindelndem Lächeln, sie sähen mit keiner so recht.

Erzählt Adèle, letzten Sommer habe sie Tagebücher im Nachbargarten verbrannt, eine Papierquadersäule gehäuft, das oberste Buch in Flammen gesteckt: Der Stapel sei erdwärts verbrannt. Schnuppert am Nachbargemäuer, steckt die Zunge durch den Spalt des Küchenfensters, kostet das Haus, warm jedoch modrig. Drückt die Verandatür mit der Stiefelspitze auf, um keine Fingerabdrücke zu hinterlassen, schnüffelt sich zu seinem Badezimmer. Wasser pfropft durch den Spalt, pfützt

auf den Parkettboden; es riecht nach Eisen, ein feiner roter Geruch aus dem Bad, ein Luftzug, der ihn ihr zuführt. Ihr Nachbar in rot marmoriertem Wasser, der Kopf auf halbem Hals, durchschnittener Kehle, taumelnd auf Tümpelwellen, das Messer an den Tümpelgrund gesunken. Die Spiegel dampfbeschlagen, ebenso die Kacheln. *Vergessener Abschied:* Papier und Bleistift unter dem gefalteten Gewand, das Weiß unbeschmiert.
Rettung und Polizei seien nach geraumen Stunden eingetröpfelt, Helfer der Not hätten die Bahre in den ersten Stock ausgefahren, des Nachbars Leiche gefischt, sie tropfnass ins Wageninnere rutschen lassen, Adèle hinterher geschubst. Sie seien in den Gerichtshof vorgefahren, keine halben Sachen habe der Richter gelispelt, persönlich Nadel und Faden verfädelt. Wenige Stunden später habe die Verhandlung begonnen: Richter, Staatsanwalt und Verteidiger trommeln auf gegenseitige Felle ein, tanzen Kriegstänze mit Perücke und Paragraphen. Schuldig der Selbsttötung, habe das Urteil des Richters gelautet, die Strafe: Tod durch Erhängen. Einen Strick um den verstichelten Hals der Leiche geschwungen, den Galgenvogel auf Flughöhe gehievt, dem Vollzug der Strafe geklatscht, die frisch vernähte Wunde nicht bedacht. Luft sei durch das Galgenbaumeln in das Innere der Luftröhre geglitten, habe die Naht zum Platzen gebracht, den Toten zum Husten aus klaffender Kehle. Paragraphengebrüll abgewürgt, habe der Richter befohlen, den Untoten abzuknüpfen, mit verfügbarem Stoff zu ersticken. Durch den Mantel habe man das Husten nicht mehr gehört, später das Krabbeln der Beine und Arme nicht mehr gesehen. Aus gerichtlicher Obhut entlassen sei sie in den Nachbargarten getrödelt, auf der verlassenen Bahre gerutscht, die verkohlten Tagebücher und deren Asche habe sie ignoriert.

Ob ich eine wahre Geschichte hören wolle? Ihren Eierschädel im Schoß, achtzig Jahre halbweich gekocht, tippt Iris mit Messerspitzengefühl an die Schale, bricht sie mit zwei sanften Schlägen in zwei gleiche Hälften. Im Inner-Ei liegt zusammengerollt die Geschichte, die Nummer eins übertreffen soll: Leidenschaftliche Liebe, gackert die andere, schenkelklatscht in ihre Seite. Er sei sehr krank gewesen, unterbrüllt sie das Stupsen (trippelnde Tränen begleiten), stündlich habe sie beobachtet, wie das Bett immer breiter wurde, er selbst ein Floß im Weißlakenmeer. Tägliche Gespräche, tägliches Wärmen an seinen Händen, die Frau habe seine Krankheit nicht gestört. Immer und immer wieder habe sich der Sterbetermin verschoben, Hoffnung genährt. Schließlich habe er selbst gesagt, er könne das Totsein nicht länger stauen lassen, er müsse sich für den Aufbruch bereit machen. Sie habe ihn um eine Woche gebeten, eine Woche, in der sie Restliches besprechen, Kühles wärmen könnten. Er habe ihr zugestimmt. Im Krankenzimmer habe sie sich eine Bettstatt eingerichtet, um Anfahrtszeiten zu sparen. Um im Dunkel auf seinem Schlaf zu lesen. Für wenige Minuten nur habe sie den Raum auf der Suche nach einem Getränk verlassen. In den Augenwinkeln noch der eilige Aufzug, die schließenden Türen, eine Fremde im Krankenhausnachthemd; die Bänder streifen die Erde. Sie sei ihr über den Notaufgang nachgestiegen, in den Park gefolgt, sie könne nicht sagen, warum. Die Fremde habe einen Blick in ihre Richtung geworfen, sie sei ihm ausgewichen. Zwischen Windhunden, die im Galopp Drachenzungen parallel aus den Mäulern steigen lassen, sei sie in das Krankenhaus wettgerannt. Im vierten Stock habe sie im selbstvergessenen Trab Teddyköpfe von der Wäscheleine gerissen, Teddyohren allein hätten im Wind gewunken. Im sechsten Stock habe ihr die Ärztin gesagt, er sei vor wenigen Minuten gestorben. Vermeidet das Sehen von Auge zu Auge, verschwindet im eiligen Aufzug. *Versäumter Abschied.*

Falsch, brüllt Adèle, sie habe das Kind vergessen, ein Mädchen, schleicht heimlich während der Krankheit des Vaters aus dem Gestrüpp in die Freiheit, zwischen Felder und Raben. Auf Dächern nistet Gewölk, flieht an sonnigen Tagen. Flüsse sind fremd, schlängeln verstohlen. Schafe imitieren Wolken. Unfri-

siertes Gras unter unrasierten Bäumen, Regentümpeln. Vögel fegen Laub. Weht Wind über die Täler, scheint es, als wäre der grüne Himmel dem Stürzen nahe. Sie flieht im Zug, hält sich gebückt, das Gesicht eng an die Fensterscheibe gepresst, eine Mücke in die Stirn frisiert. Gewöhnlich sehe er an der vorüberziehenden Landschaft die eigene Bewegung, hört sie Fremde flüstern. Hier habe er das Gefühl des völligen Stillstands, die Strecke verändere sich kaum. Zugreisen seien ohnedies Spielzeugreisen; man fahre in vorgefertigten Schienen, weiche nicht einmal vom Kurs ab. Unendlich bedeute hier unendliches Ringelspiel, frei sein die Freiheit von der Entscheidung. Betrachte den Himmel, hört sie flüstern, er sei so nah, er spüre Watte in den Augen.
Inzwischen, wispert Iris, wolken Wellen gegen Kreideklippen. Gleise halbieren den Garten auf der Strecke zwischen Berg und Fluss. Die Schienen entlang sind Gartenzwerge bis zur Hüfte eingegraben; der Rasen mäht leuchtend grün. Durch das Wiesenneigen im Kurven gerät ein Zwergenkopf zwischen die Speichen, trennt den Zwergenhals von den Zwergenschultern. Sein Rumpf trägt den Rechen treu, durch Nabe und Speiche, kratzt Farben aus; die Mützenspitze, taufeucht, entkommt jedem Greifzu. Der Garten steckt sein eigenes Grün mit eisernen Gittern ab, Picknickreste gähnen gegen den Zaun. Die Schönheit des Gartens liegt in der Luft. Das Zugpersonal steigt aus dem Wagen. Man sucht den unglücklichen Kopf mit Taschenlampen und Spürhunden; er wird neben der eisernen Hecke gefunden, dem Gitter die lange Nase gedreht. Hat im Gras alle Neune gespielt und sich neben die Leere gelegt für den Fall seiner Rettung. Sie vergraben den Zwergenkopf, düngen ihn; mit Frühlingsbeginn sollte Zwerg sprießen. Adèle unterbricht, auch der Mann, der Maler, wächst nach, wächst stetig nach. Er wächst aus der Hand, der rechten, der Malerhand, die, die stets Pinsel trug, und die Frau, die Frau im Dunkel, hier verlaufe die Spur, sagt Iris, Edith habe ihnen nicht mehr erzählt, weder von seinem noch ihrem Leben.

Kaffeeschlucker, Spritzenwerfer, Arzneizüchter im Tageslicht verfolgt, entwaffnet, vertrieben, ungeliebtes Personal. Runden räderrollend im Rollstuhlduell habe sie sich Fotografien an den Rücken geschnallt, sich in manchen Luftzug gestellt, sagt Adèle, beim Brausen des Windes durch Albumblätter im Spiegelbild Leben erblickt, ihr Leben im Daumenformat: Das Hüpfen von Kindheit zu Hochzeit, verblättern von Jahren und Glück. Sie sei zu den Gärten der abgelegenen Pavillons gerudert, um Spiegel und Bilder zu vergraben. Luftgefärbtes Haar, verstrubbelt, geglättet und wieder verstreut, die Augen verbogen unter verschränkten Armen, sichtbar nur ein Wangenteil; Edith habe geschlafen, den Kopf auf dem Fenstersims gesonnt, Figur und nicht Atem. Zaghaftes Rufen, Locken, kein Drehen, Wenden der Edith. Sie habe Geschenke gebracht, Kuchen, Kaffee, sie habe den Duft aufwärts gefächelt, später aus Zeitungspapier Bälle geknüllt, Edith beworfen. Kein Drehen, kein Wenden. In den zweiten Stock vom Aufzug gehoben habe sie Türen geklopft, Beschwerden kassiert, von Kaffeeschluckern, Spritzenwerfern, Arzneizüchtern im Abendlicht verfolgt, entwaffnet, vertrieben. Abermals spioniert, Schlösser geknackt. Die Wände mit Rissen bewachsen, Staub tanzt in der Luft, Edith adrett verschieden.

Edith habe ihnen das Bild des Malers geschenkt, sagt Iris, deutet auf die Wand: Flora umrankt hausen Häuser auf weißen Steinen (die Farbe vom Papier ausgetrunken). Ein Bündel zu Füßen, blickt Schatten zurück. Ankunft oder Abschied, fragt Iris, wartet er auf das Dunkel, wartet im Dämmerlicht, bis Nacht Heimat verschluckt, er gehen kann, ohne Abschied nehmen zu müssen? Ich antworte, ich wüsste es nicht. Iris sagt, sie wüsste es auch nicht. Ich frage, ob sie mir das Bild schenken wolle. In diesem Moment möchte ich es besitzen. Adèle lacht, ich solle mir ein eigenes besorgen, Galerie Grün, drei Straßen weiter.

2.

Straßen sackgassen im Stadtkern, weite Wandlöcher der Verbindungsarm. Dächer ducken paarweise unter dem Druck des Himmels, auf Zehenspitzen sehe ich über ihre Schultern. Kurze Fachwerkfassaden, schmal im Vergleich zu den breiten Fenstern, unverputzt. Auf Hausdächern paffen Schornsteine Rauchschafe in den Giebelhimmel. Durch Schlösser am Höhenflug gehindert klettern Fahrräder auf Zäunen, steigen in Schaufenstergärten, fahren im Stadtbild Tandem und solo. Büchersäulen sind alle zehn Schritte an den Asphalt gekettet, die Bücher werden an der kurzen Leine gehalten, man liest sie lehnend. Zwei Mal am Tag werden gefallene Wörter gekehrt, ihr Halsband zerbissen. *Galerie Grün* nun *Grüne Schuhe*: Schnürsenkel pendeln vom Plafond, Schuhe baumeln schuhstracks vor dem Schauglas. Schuhköpfe ohne Schuhkörper, sitzen, liegen, stehen Lauf-, Lack-, Halb- oder Lederschuhe auf sandigem Samtpapier, winken Schuhbandhallo, heiseres Staubwinken, Schuhtheater für die Straße. Ein Frauengesicht im Dekor der Auslage: Absichtslos schlenkern Pantoffeln durch ihr Wolkenhaar. Ich hänsle und gretle durch einen langen Korridor, öffne eine unbeschilderte, weiße Tür. Sie erwartet mich beim Betreten der Warenhalle, mustert mit raschem Blick meine Schuhe; ich ringle den Hosenzaun über die Zehen.

Seufzt Hermine zwischen Blüten und Stängeln des Tubenturbans vom Aufstieg und Fall der Galerie Grün: Ein Hochgenuss von Porzellankunst der grünen Frau selbst, florales Dekor im Teller- oder Tassenformat, auch kannengebogen, heißer verkauft als frisch gebackene Semmeln. Die Fallbö mit sich gebracht in Bilder verpackt jener Gesuchte: Das meiste verbesserungsfähig, mit Pinselchen hier, Strichelchen da passend zur Saison korrigiert (meinen wir Frühling, sprechen wir Ostern,

ein Lämmchen in den Kreis geklemmt, ein Häschen nistend im Laub der Quadrate), vom Künstler öffentlich missinterpretiert im Blickfeld der kritischen Öffentlichkeit. Anzug, Krawatte, akademischer Titel, die kurzen Beine gegen die Erde gestemmt, all dies habe Käufer verscheucht, die Pforten zur Galerie Grün geschlossen vor fünf Jahren.
Ich unterbreche, frage nach einem Bild, unberührten Bild, sei ihr eines geblieben? In die Küche, Hermine winkt, in die Küche, sie habe damals eines gekauft, der guten Freundschaft willen, man habe es *Fabel* genannt, ob ich die Kreaturen im gepunkteten Grün erkenne? Flaum flieg, fühl Füße, flüstert sie, Flut auf für Köpfe mit Feigenblatt geschmückt, die Schnäbel gespreizt, lehnen sie Wange an Wange im Gründerbaum. Nacht liegt zwischen den Ästen, wirbelt Blätter mit Erde auf. Titus, der Mann rechts, sagt Hermine, schmächtig von Statur, kapert das Mädchen Blum, ihm unähnlich riesenhaft. Ährenhaare, Wiesenaugen, weiter blauer Mantel. Reist in Blums Manteltasche, da ihre Schritte Wälder waren. Sie kann ihm nicht entfliehen, da er eine Nadel bereit hält, sie jederzeit vernünftig zu stechen. Blum trabt, wohin er sie schickt. Der Mantel wird zweite Haut, Titus gestattet nicht, ihn abzulegen. Sie rauben Greißlereien aus, klauen Dinge mit Taschenpassform, alles winzig Kleine. Er fühlt sich heimlich. Sein Lächeln an ihrem Becken wird nur von ihr gehört.

Jedoch (Hermine deutet auf Bilderteile, als wären sie Stadtpläne), erhitzt von der U-Bahn-Schlacht zur Stoßzeit zieht Blum den Mantel aus. Titus döst stumm, überschläft die Flucht von Blum, das erste Staunen über den Schlaf, das sanfte Schälen aus dem Mantel, ihr Springen über den U-Bahn-Spalt aus dem U-Bahn-Netz, Untertauchen im U-Bahn-Schacht. Titus erwacht am Arm des Schaffners, der ihn auf den Gehsteig scheucht. Sucht den Weg zum Fundamt, malt sich aus, Blum würde bereits warten. Titus fragt vergeblich. Man lacht ihn aus. Er suche was?, kichert man, eine Blum? Titus geht, er sagt sich, er würde sie in seiner Wohnung treffen. Es nieselt im Hals. Inzwischen glaubt er, durch das Fenster der U-Bahn ihr Lächeln gesehen zu haben, ein fröhliches Winken, als hätte sie ihn absichtlich verloren. Hermine seufzt. Sie scheint gerührt. Ich frage, ob sie noch andere Bilder des Malers besitze. Sie deutet auf den rotgelben Hintergrund, das Häuschen im Abendgrauen, hier warte Titus. Hier dämmert ihm, dass sie seine Adresse nicht, nie besaß. Er würde sie suchen müssen, vielleicht würde er nach dem Blitzen der Augen beim Abschied fragen. Sie würde antworten, sie sei unfreiwillig geflohen, er würde glauben. Beim Blick aus dem Fenster bemerkt er, sagt Hermine, dass er die Welt nur aus ihrer Höhe kennt. Die Welt zu seinen Füßen ist ihm unbekannt.

Sie fängt mit Deckeln Dampf, brüht Abendtee. Vom Maler habe sie schon lange nichts gehört, sie habe geglaubt, er sei tot oder in der Heimat. Ihr Sohn, Hansjong, sei mit der Tochter befreundet gewesen, vielleicht wisse er mehr. Sie habe Hansjong schon lange nicht mehr gesehen. Er habe früher ihren Pudel Nelli Gassi geführt, Extrarunden im Wohnzimmer, nun sei er Friedhofswärter. Ob ich Sammler sei, fragt Hermine. Ich sage ja, wahrscheinlich. Sie sagt, sie hätte mich vor zwölf Jahren gebraucht, dieses Bild verkaufe sie nicht, nicht jetzt, nie. Ein anderes gebe es nicht.
Auf dem Weg zum Busbahnhof stehen Männer- und Frauen-Gruppen aus voller Kraft auf Verkehrsinseln, brüllen Chorgesang, den manche Autos übermalen.

3.

Heimischer Regen, vertraut, tropft größer. Von Regenbögen halbiert spritzen Tropfen den *Spazierstock des Himmels* herab, leuchten vor allem in Grau. Wasser willkommen, trinken manche den Regen, spazieren mit offenen Mündern, gurgeln im Nass. Mauermäntel aus Moos, malen Ritzen, Spalten aus. Schmale Brücken aus Stein liegen verlegen zwischen den Bächen; man wäscht in ihnen Zehen und Schuhe, dreckige Kinder, Rost in den Haaren. Wäsche hängt an der Leine, solange der Regen schläft und während er wacht, kleine Schirme sind über der Schnur angebracht. Auf die Fensterbänke hat man Früchte gelegt, Sonne soll sie bräunen.
Ein Fährschiff im Friedhofsformat gondelt an der Schwelle zum Kräutergarten auf buckligem Grund, wo Koriander, Thymian, Rosmarin sitzen (auf und ab Hügelhängen), die Grabsteine in der Erde gehisst. Von den Grashalmen schuppt das Eis der Nacht, einzelne Ausläufer vereint mit Wegelagerern sonnengeschützt untergestellt. Kreuze Kelten zu meiner Rechten und Linken, Postkarten gemeißelt in Stein, kleine Regale für Blüten und Staub. Blumenkränze neben, über, auf den Gräbern, Blumensträuße, Blumenstöcke, Plastik, pflanzlich, ungeschmückt ebengleich. Hansjong Grün in ein Spiel vertieft: Er beschießt Spinnennetze auf den Grabsteinen mit Plastikblumen, den Korb neben sich auf die Holzbank gesetzt. Flechte Muttergrüße in meinen Spruch. Er mutmaßt: Sie sind nicht die Tochter? Stottert: Als wären Sie seinen Bildern entsprungen. Plustert Morgentau, wickelt sich enger in den Mantel ein. Ich frage, sind das Plastikblumen? Er nickt. Er säe und ernte Grablandschaft, regne nach Sonnenaufgang Blumen zwischen Bänke. Picknicken Familien bei den Gräbern, pflücken Kinder, meist Töchter, diese Blumen, abwaschbar, wiederverwertbar. Gewissermaßen Umweltschutz. Plastikblumenbuketts mit Plastikstreifen. Wochenendspaß. Seidenblu-

men seien aus vergänglichen Gründen verboten. Er funktioniere innerhalb der Gräberverwaltung als Plastikblumenregen; es gebe ohnehin zu wenig Unendlichkeit.

Ich frage, ob er ein Bild besitze, ich würde es gerne sehen. Er zögert, öffnet den Rucksack, holt aus der Innentasche eine schmale, schneebedeckte Landschaft hervor. Im hellen Dunkel das Platzen von Tontrauben aller Art. Ein Baum in der Mitte des Blattes, eine Linie, die zu den untersten Ästen führt, eine Pyramide zwischen den Zweigen. Hansjong erklärt: Sein Drache fliegt Flüsse und Fälle, verfängt sich im Astbau, fesselt Blattwerk. Die Schnur hebt ihn von der Erde in die Zweige; er zappelt am Haken, spuckt Laub aus den Augen, spricht durch die Blumen um Hilfe. Sie breitet ein Tuch aus, lehnt sich an den Stamm, ihr Kopf kitzelt die unteren Äste. Sie sitzt im Türkensitz, im Schoß eine Weste aus Brot mit Ärmeln aus Wurst. Er nagt das Seil entzwei, fällt. Spinat blitzt zwischen ihren Zähnen, nimmt er im Sturz wahr; er federt auf, federt ab, bevor sie ihn fängt und auf den Boden setzt. Hier scheint ihm, als würde sein Herz Kopfnüsse sammeln. Ihr Name sei Eva. Bleichsand rieselt in sein Gesicht, kullert körnchenweise auf seine Zunge, beschwert unsäglich. Er trage Kraut auf den Haaren, sagt sie, rupft Grün von der Rübe. Der Riss dürfe sich nicht entzünden, sie klebt ein Pflaster über die Hose. Er sei sehr klein, sagt sie, sie werde ihn um Köpfe überragen, er dürfe sich nicht fürchten, nicht flüchten. Ihr Gesicht springt von den Schultern in den Himmel ohne Trampolin, auf zwei Beinen nur. Er versteckt sich im Gras. Über ihn fällt die Weste aus Brot mit Ärmeln aus Wurst. Sie sagt, sie habe sich geirrt, sie sei nicht erwünscht. Tränen schmollen Löcher in den Salat. Er beteuert, sie habe sich nicht geirrt, sie sei erwünscht. Später probieren dreißig Reiskörner ein Lächeln, mundauf, mundab; umkreisen das Wort Liebe, decken es mit Schweigen zu (möchten sie zähmen, nicht erschrecken).

Ob ich die Kriminalversion hören möchte?, fragt Hansjong. Er lässt mir keine Zeit, abzuwinken. Er sagt, Eva wird eine fraglose Bürde, er trifft sie nur schlafend an, er wird sie für immer stillen; injiziert tödliches Gift mit der Nadel des Tannenbaums direkt in den Magen. Wie konnte er nur töten. Sicher hat er die Nadel vergrößert, indem er sie während des Mordes unter die Lupe hielt, lupenrein der Mord. Niemand wird ihn entdecken, wer sollte auch solch eine winzige Waffe vermuten. Nicht einmal sieben Frauen, die sich vor die Fenster kleben, ihn auf frischer Tat ertappen, sogar Lupe und Nadel, so klein sie auch waren. Er verduftet über den Ozean. Der Rumpf, wellenbeknabbert, schlummert auf gelbem Sand unter Palmen und Pandabären. Kaum unterscheidbar vom Heimgestrüpp brät Essen im Sonnenschein, brennt sich in seinen Magen ein, versiegelt den Nabel; sein Bauch beginnt sich zu blähen, verkugelt schwebt er knapp über der Umhängetasche, ein Beuteltier. Bald ist Höhe erreicht; die Wolken ein wenig zertreten schwebt er über den Orient, schwebt auch an schlechten Wettertagen, bei Regen und Schnee, versorgt sich mit fliegenden Fischen, gerösteten Vögeln, und endlich, nach Wochen, peilt er die Erde an, eine Bauchlandung.

Ich lenke ab. Ob er mir das Bild verkaufen würde? Er rupft Pflanze samt Wurzel vom Grabstein, schüttelt den Kopf, nein, das wolle er nicht, duckt im Panzerkleid. Ich frage, ob er mir sagen könne, wo es andere Bilder des Malers gebe, eine Galerie vielleicht oder Sammler. Auf dem Rücken himmelglotzt er, reklamiert, es sei unmöglich, das Kommen des Regens zu riechen, Wolkenlesen sei zuverlässiger. Das meiste Plastik übersehe er zufällig absichtlich, er nutze die Zeit für ungetrübtes Gucken. Ich frage, ob er mir als Freundin der Tochter des Malers deren Adresse geben könne. Er sagt, er habe schon lange nichts mehr von ihr gehört. Er habe nichts mehr von ihr gehört, seit er sieben Schalen Margarine auf seinem Sitz gegessen habe, seiner Festung, einer Festung aus zwei Sesseln, einigen Flaschen und Corn Flakes, vielen Corn Flakes. Sie sei verschollen, schon vor einigen Jahren. Der Maler habe im östlichen Viertel gelebt, dort lebe er vielleicht noch heute. Ich sehe seinen Kopf zwischen den Steinen verschwinden, während meine Augen vor den Füßen traben.

Der Entschluss, die Suche abzustechen: Querlandein über die heimische Burg, weiß ich mich nach Katapulten, Steinschleudern und Armbrüsten im unerwarteten Meer einzelner Höfe geborgen, in der Landzunge im äußeren Westen gegen eine klitzekleine Gebühr; die Kuhherde, vom Bauern verfastet, blockiert fünf lebende Steine und auf den deutschen Hügeln eine Herde Wollläuse, von denen ich keine je schlafend gesehen habe, das große Blöken vergaß ich zu unterträumen; auf einem Trampelpfad das Kinn der heiligen Anna entlang, zwei Meter von den Klippenkanten, räkeln sich Badestädter im Gänsemarsch auf der Alm; von einer Imbissbude verborgen kleben Almhütten fensterlos inmitten der Insektenfauna im Naturpark zweier Flüsse, das nördliche Becken voller Zehen und Bäuche; später, mit der Zahnradbahn zu einem kleinen Kaffeehaus zu fahren mit kleiner Aussicht, alles passt zwischen Zeigefinger und Daumen; stadtauswärts das Gutshaus zweier Damen des achtzehnten Jahrhunderts zu bereisen, exzentrische Damen, sich Schwestern zu nennen, Geliebte zu sein.

Dann warte ich im Wasserfall bei todtraurigem Hundeläuten, lässt mich das Suchen doch nicht los. Schwarze Hemden wehen von der Wäschefahne.

4.

Es sitzt zwischen Zäunen der Nachbarn, den Braunberg hinter sich verkauert, dessen geborgtes Gipfelkreuz zu den Antennen gesteckt, die selten wippen (gestreichelt vom Wind); noch aus der Vorkriegszeit, der neue Verputz am Beginn der Unkenntlichkeit, das Unkraut durch Mauerritzen (verboten zwar, trotz allem) geschlüpft, entriegelt sich das Haustor durch Zugluft; das Stiegenhaus mit halbierten Stufen versetzt, die Lampen zerbrochen, der gesprungene Schirm verbunden mit Pflaster und Mull. Im Erdgeschoss wendeln Wurzeln der Treppe aus dunklem Holz, keine Lichtschalter im Stiegenhaus. Einbein heißt es auf dem Schild im zweiten Stock: den Aufgang muss ich mir erseilen, ich halte die Brüstung am Hosenbein.
Trete ein, ohne mit den Knöcheln zu klingeln, die Mauern gespickt mit Bildern der Kindheit, verwandte Bekannte gefroren in Schwarz, gefroren in Weiß, die Zeit exekutiert. Höre kein dunkles, helles Hallo, dafür eine Notiz am Kühlschrank, *Wir sind im By James, sind bald wieder da.* Ein Dart-Spiel an der Wand, der einarmige Bandit an der leeren Bar. Der rote Plüsch klebt widerwillig auf den Bänken. Durch die kleinen Fenster dösen Sonnenschatten. Im Nebenraum sind Stühle aufgestellt. Sie sind unbesetzt. Sieben Menschen drücken sich an die Wand, drei sitzen bei der Tür, um zu kassieren, »Cambridge Folk Club« steht auf dem Plakat, das über der Bretterbühne hängt. Otto Einbein richtet den Scheinwerfer auf drei Musiker, die ihre Instrumente stimmen. Er trägt Handschuhe, jongliert das Licht. Rosa winkt mich an den Rand, drückt mich aus dem Lichterfluss. Vater, Mutter, Kind singen Liebeslieder für Iphigenie auf Tauris. Im grellen Licht sind sie selbst leblos, ihre Schatten stürmen die Bühnenwand, geigen, flöten, zupfen. Zur Begegnung Iphigenies mit Orest hatscht Rosa einen Walzer. Der Applaus ist laut.

Die Haare den Jahren entsprechend erbleicht, verbeugt sich Einbein, Stiefmütterchen im Knopfloch, gestützt auf die Krücke, Ersatz für das Bein, dem Weltkrieg gespendet. Rosas Daunenhaar flaumt hennagereift hinter Einbeins Schulterblatt, im Känguruschürzenversteck steckt adrett ein Staubwedelgedeck. Schnäbelt atemfroh: Das Duftschlängeln von Terpentin, Ölfarben, einen Stock unterhalb, habe sie türspaltgerochen vor einem Jahrzehnt, die letzten Jahre ein schwacher Dunst nur, Skelettdunst. Elf Jahre später ein Unfall: Himmelblaue Sirenen entführen Maler, Hausrat, Kind in einer Nacht- und Regenaktion. Unwahrscheinlich, schneidet Einbein den Satz in zwei Hälften, unwahrscheinlich das Gerücht, der Maler habe einheimische Judith zur Frau genommen, zwei Jahre nach der Befreiung aus dem Spital, angeblich eine recht furchtsame Frau, Angst vor Feldern, Plätzen, ihr Rücken doppelt so lang wie der seine, Frau Rückenlang. Gehen sie spazieren, halten sie sich an den Füßen, hoppeln die Gärten entlang, er ihre Beine umschlungen, sie seine, Schatten an Schatten. Zwei Jahre später getrennt geht man aufrecht, jeder auf eigenen Füßen, bisweilen.

Wie alt ich sei, fragt Einbein. Ich frage warum. Die Ähnlichkeit sei verblüffend, sagt Einbein. Rosa beteuert, nein, wirklich nein. Ich sage, mir gefallen seine Bilder. Plastikblumen rupfen aus Plastikvasen, Salz schneit auf den Boden. Meine erste Aufgabe sei das Heilen des kranken Wasserfalls. Der Rechte sei krank, flüstert Rosa, er fließe aufwärts. Aus der Küche höre ich Weihnachtsdüfte, Schlittenspuren knurren in meinem Magen. Ich betrachte den Wasserfall: Tropfen klettern den Berg hinauf, Bäume hängen an den Wurzeln, Menschen wandern auf den Köpfen. Ziehe den Stecker heraus, das Licht verstummt, hänge das Bild von der Wand, drehe es kopfaufwärts, hänge es wieder auf, stecke den Stecker in die Dose, der Himmel summt oben; Rosa staunt.
Wir gehen zur Busstation, Rosa zieht an meinen langsamen Schritten. Sie sagt, sie kenne keinen anderen Ort als diesen,

sie sei hier geboren und aufgewachsen. Sie habe noch nie Flugzeuge oder Hubschrauber gesehen. Der Himmel gehe nur kurz westwärts weiter. Hier sei das Ende der Welt, habe sie als Kind gefragt.

Straßenlampen, Natriumdampflampen, leuchten nachts eigelb. Otto krächzt Lieder. Rosa fröstelt. Sie setzt sich Fingerhüte auf jeden ihrer acht Finger, zwei habe sie im Pub verloren. Einbein wiehert, klappert mit den Hufen, Rosa tanzt Ballett. Dann kichert sie ein Geständnis: Kein Wort Wahrheit, alles gelogen, den Maler gebe es noch, die Tochter sei allerdings wirklich verschollen, vielleicht wüsste ich Näheres, wahrscheinlich, wirft Einbein ein, ach halt den Mund, sagt Rosa, ich könne ihn treffen, den Maler, wenn ich wolle, er würde sich sicher freuen, wahrscheinlich, wirft Einbein ein, die Tochter, halt den Mund, endlich, sagt Rosa, schiebt ein Flugblatt zwischen meine Finger, einen Flaschenbrief, aus weichem, weißem Papier, zusammengerollt schläft er in meiner Hand. Ein Fest, kichert Rosa, ich sei willkommen, herzlich willkommen. Hopst die Stufen im Bus hinauf, schubst mich hinunter.

5.

Die grünen Strände, an denen sich Regenwasser sammelt, knietief oder tiefer, ein Spielplatz für Ruderkinder; sie tragen Schwimmwesten und Gummistiefel, waten zu aufblasbaren Kanus, gondeln Schlangenlinien um Kastanienstämme; lassen sich zu den untersten Ästen treiben, um von dort aus Brotbrocken auf Entenrücken zu werfen. Enten paddeln mit quakenden Schnäbeln um ihre eigene Achse auf der Jagd nach Krümeln, paddeln laut. Der benachbarte Fluss schnappt schlückchenweise über die Ufer nach Regen und Gras; stetig zerrinnt Boden unter den Schuhen. In meiner Hand die Einladung, ich wollte sie wegwerfen.

Den gebäudeeigenen Park samt Sandkasten, Brutkasten einer Birke, vielleicht aber doch gezähmte Wüste, Hauswüste, durchzustapfen, eine der Glocken anzuschlagen, durch die Ritzen des Fernsprechers Tritten im Plastik zu lauschen.
Die Krankenschwester hinter der Theke reicht mir ein Nummernkärtchen, das mir die Reihenfolge im Wartezimmer nennt: Sechzehn Frauen und Männer in Bänke geschlichtet, gekleidet in mehrere Schichten Schwarz, kahle Hosen und Röcke, Ärmelwesten zu kurz gewebt mit Bändern verknüpft, die Haare unter flach gepressten Zylindern versteckt, geflochtene Ohren, Trauertracht; die Gesichter in Schleier gewälzt. Den Blick auf die Nummerntafel geheftet, die Zahl in Schaltkastenrot, am Ende der rechten Bank, die alle Minuten um eins weiterspringt. Ein Schild mit Blumen in der Mitte des Zimmers, flankiert von zwei Kerzentürmen aus schwarzem Wachs. Augen auf Sonnentauchgang. Durch die Mönchsrasur der Kuppel fällt Abendlicht. Sterne biegen sich von der Decke. Ein Bild an der Wand: Die Frau scheint nur mit Vögeln zu sprechen, hält sie sich Vogelluft und Hände. Sie spricht mit Zeigefinger und Daumen, den Mund zu Schnabel gespitzt, die

Haare zu Flügeln frisiert. Im Hintergrund fassen Felsen Ufer, Wellen treffen Zehen im Flug. Himmelwärts die Küste der unterbrochenen Zeichnung. Für die Zigarette bittet man mich, einen Antrag auszufüllen und bei der Rezeption abzugeben. Zwei Türen führen aus dem Raum, durch die linke verschwinden nummerierte Gäste, die andere ist schwach durchquert, unsichtbare Barriere, ich warte ab, schlüpfe in den anderen Saal, das *Fest*.

Acht Bullaugen über Wolkentapetenwände verstreut überfluten das Zimmer mit Frühlingslicht. Auf dem blauen Teppich schaukelt man mit Kreidegesichtern und schwarzen Köpfen im Ventilatorwind, Veilchenteller in den Händen. Ich verstecke mich im Türrahmen, beobachte nicht viel; Fremde drängen sich in mein Bild. Ich erkenne ein bestimmtes Schema im Arrangement der Speisen: Rote Früchte und Fischköpfe zeigen nach Osten, weiße Kuchen und Kekse nach Westen; in der ersten Reihe sind Früchte, in der letzten Süßigkeiten. Gekochte Speisen werden nach ihrer Rangordnung serviert, erst Fleisch, dann Fisch, zuletzt Gemüse. Requisiten stehen rund um die Tafel, ein Wandschirm mit einer Kalligraphie, eine größere, unscharfe Schwarzweiß-Fotografie, Kerzenhalter und Rauchgefäße. Blumengedeck: Rosen, Tulpen. Das Entzünden der Kerzen, ein Verbeugen, Füllen der Gläser glaube ich zu sehen, vielleicht ein Murmeln, Singen zu hören.

Man entdeckt mich. Reicht mir einen Teller, drängt mich, ihn zu füllen. Ich bin unentschlossen. Man umringt mich, bietet mir Hilfe an, flicht in das Schaufeln, Schöpfen Fragen ein: Ob ich Einzelkind sei? Die Tochter, klatscht man erfreut in die Hände, rudert einen Kreis um meine Insel, strandet mit Obst und Kuchen. Ihr herzlichstes Mitleid versichern sie, ich sei vermutlich vom Warten geschwächt, die zweite Krankheit in drei Jahren. Jahresknospen, trösten sie, habe er viele geknackt, Trauer sei sinnlos. Sie hätten nicht gewusst, dass der Maler Familie besessen habe, sie seien jedoch froh, dass mich ihre

Einladung erreicht habe. Letztes Sonnenlicht flutet den Raum, man duscht im Strahl, schließt die Augen; die Helligkeit blende, die Wärme jedoch tue gut, seit Tagen rolle es Regen vom Himmel, dies seien die ersten Boten der sammelnden Bäume, Laub und Licht. Man streichelt, tröstet, als einzige Tochter sei mir Trauer verziehen. Ich sage, es handle sich um einen Irrtum. Sie winken ab. Ich frage, ein Fest, ein Fest wofür. Sie sagen, ein Abschiedsfest. Ich frage, Abschied, weshalb Abschied. Sie sagen, als Tochter wüsste ich schon warum. Ich sage, ich sei nicht die Tochter. Sie sagen, sicher sei ich die Tochter, warum sonst sollte ich kommen. Ich sage, Neugier, natürlich Neugier und der Wunsch, eines dieser Bilder zu besitzen, *Heimat*, Heimat haben. Ich sage, sie sind mir vertraut und doch fremd in der Art, in ihnen reisen zu können, auch reisen durch die Nacht. Sie sagen, sicher sei ich die Tochter, Einbein habe von mir erzählt. Ich wiederhole, es handle sich um einen Irrtum. Man unterbricht mich. Ich sei an der Reihe.

In Großbuchstaben leuchtet TITAN vom Deckblatt der grünen Tür, ein Eingang nur, kein Ausgang. Ich gehe durch einen Schacht, Lichter überkopf, ein Pfeil auf kopiertem Papier an die Wand geklebt. Ich öffne drei Türen, gehe bis an das Ende des Tunnels, runde Lichter seitlich montiert, stoße an eine Sackgassentür, überlege, ob ich klopfen sollte, entscheide mich nur für einen kurzen Blick, zu spät, seine Hand sieht mich.
Der Raum ist verdunkelt. Die Wände sind weiß, Vorhänge schwarz, daher die grauen Schattenspiele. Eine Art Himmelbett, der Himmel abmontiert, die Seitenpfeiler stechen die Decke. Die Tuchent wirft Buckel, beult sich durch Beine, Rumpf, Arme und Bauch aus, die sie verbirgt. Ein Vorhang hängt halbherzig zwischen den Pfeilern, verdeckt sein Gesicht. Ich lasse mich hereinwinken. Ein Tropfer ist neben dem Bett aufgestellt, die Nadel durchbohrt den rechten Handrücken. Der Kopf kahl rasiert, eine Naht knapp über der Stirn. In seinem Hals ein Loch, dürftig mit Mull abgedeckt. Der Maler schließt seine Augen, führt eine Hand an den Hals, tippt an

das Loch, deutet auf den Nachtkasten neben dem Bett. Ich glaube nach einem Stoppel suchen zu müssen, vielleicht aus Plastik, aus Stahl; finde ihn neben der Brille und dem Kassettenrekorder, einem kleinen Gerät für die Tasche. Ein Stoppel aus rotem Plastik, von mehreren kleinen Fingern geformt, ich sehe noch die Abdrücke. Er deutet mir, ihn über den Mull in das Loch zu stecken. Der Stoppel passt.

6.

Ich erinnere mich, gegrüßt zu haben. Er erwidert den Gruß, indem er den verbundenen Kopf senkt. Ich bleibe vorerst stehen. Von der Ecke aus frage ich nach der Art der Krankheit, erfahre von den Folgen des zweiten Gehirnschlags, frage nach dem Zustand der Krankheit; er antwortet, Narben würden nicht heilen. Er bittet mich an seine Seite. Seine Zunge stolpert. Sätze tröpfeln von den Lippen. Ich beobachte falsche Wörter von Zungenklippen kippen. Setze mich an den äußersten Rand des Bettes, suche Schattenschutz, kreuze die Beine übereinander, um das Gleichgewicht zu halten. Er bemerkt den Balanceakt. Er sagt, er fühle sich unwohl in seiner Haut, lächelt halbiert durch den Schatten des Vorhangs.

Er sagt, er hätte mich gesucht, viele Tage, fragt, warum ich nicht versucht habe, ihn von meiner Ankunft zu benachrichtigen. Ich entschuldige mich, er sagt, es falle ihm schwer, meine Entschuldigung zu akzeptieren, noch immer scheine ihm die Schuld einseitig. Er fragt, wovor ich geflohen sei. Ich sage, es handle sich um ein Missverständnis, man habe ihn falsch informiert. Er antwortet nicht. Er habe mich gesucht, weil ich ihm eine Erklärung schulde, eine Entschuldigung, weil er mir eine Erklärung schulde. Ich sage, ich verstünde nicht, woraufhin er schweigt, versucht, die Stille mit Atmen zu pflügen.

Er fragt, wie es mir ergangen sei. Ich erzähle, dass ich in einem Büro als Schreibkraft arbeite. Er liegt mit geschlossenen Augen, blinzelt hin und wieder, drückt meine Hand, ein warmer Druck; lässt sich erzählen. Wie es mir geht. Wie es ihm geht. Ich frage, ob ihm etwas fehle. Im Prinzip alles. Oder nichts. Er lacht leise. Es scheine nicht gut zu gehen, wie schlecht? Er öffnet überrascht die Augen, sagt, mit wenig Zögern, das Ende sei nah, *das Licht am Ende des Tunnels*, ob ich glaube, dass dieses Licht Trost bringe, vielleicht nur ein Scheinwerferlicht, eine simple Kerze vor einem Spiegel. Er sagt, Licht stelle bloß; unbarmherziges Licht. Er fragt, ob ich den Ort kenne, wo Horizont und Himmel verschwimmen, wo sich in der Abwesenheit des Lichts eine Wolkeninsel aus dem Himmelsmeer erhebt, neblig das Wasser, die Inseln bewachsen mit Bäumen, die Silhouette verdächtig verkugelt, einzelne Blätter zum Greifen nahe und näher aus der Perspektive des Vogels die Augen im Anflug; es sei die Abwesenheit des Lichts, das Unsichtbares sichtbar mache. Ich möchte widersprechen. Selbst die Abwesenheit des Lichts sei seine Anwesenheit. Ob ich ihm zustimmen würde, würde er sagen, nicht alles müsse entheimlicht, nicht alles enthüllt werden? Ich zögere mit meiner Antwort, ich glaube, ihm zustimmen zu müssen. Auch scheine ihm notwendig, fährt er fort, während des Sterbens die Augen zu schließen, blende doch das Licht, verhülle trostreiches Dunkel. Er stelle sich lieber das Licht der Wolken der Dunkelheit vor, stelle sich vor, in Wolken zu waten, Wolken zu essen, zu trinken, im Dämmerlicht in Wolken zu springen, zu laufen, vielleicht selbst zu einer Wolke zu werden, er blinzelt, er würde nicht regnen, ein Versprechen. Ich weiß nichts zu entgegnen auf diese Art Himmel im Himmel.

Er sagt, er hätte die Orte der Kindheit gesehen, die letzten Tage der Suche. Er hätte die Häuser, die Menschen wiedererkannt, sei aber unerkannt geblieben. Für einen Reporter hätte er sich ausgegeben, um meine Spur zu finden. Edith sei gestorben, vor vielen Jahren, ob ich es wüsste. Ich sage, Edith kenne ich nicht. Er möchte sich entschuldigen, spricht den Wunsch laut aus, er wolle sich entschuldigen, er hätte vieles wiedergutzumachen, doch sei er sich keiner Schuld bewusst. Ich sage, er schulde mir nichts, er sei mir fremd.

Erneuter Anlauf: Er sagt, wir hätten früher durch Bilder gesprochen, ob ich mich erinnere? Er wolle mir helfen, mich zu erinnern. Dirigiert Konturen und Farben. Vielleicht leuchten

seine Hände. Vor den südlichen Bergen Vater und Kind: Die Spore an der linken Pfote. Ein Körperkleid verhüllt sein Gerippe. Am Kleiderspitz ist das Gesicht einer Kuh aufgesteckt. Aus dem Hinterkopf wachsen drei dicke Strähnen, schweben über den Schultern. Weiße Augen, die unablässig die Erde durchforschen. Seine rechte Pfote, doppelt so breit und groß wie die linke, ist am Fußrücken ausgehöhlt: In dieser Kuhle, liebevoll wuchern hier Haare, schläft das beinlose Kind. Es öffnet den Mund, eine winzige Öffnung, bringt den Vater zum Traben. Mir fällt die väterliche Maske auf, Zaumzeug, das er sich übergestreift, dessen farblose Zügel das Kind gehalten hatte. Seine Striche stottern.
Er zeichne wie früher, lüge ich, er nimmt das Lob mit Lächeln entgegen, es sei ihm geglückt. Er fragt, ob ich mich an seinen Unterricht erinnere, die Stunden, in denen er meine Hand samt Pinsel geführt, die Farben gerührt, die Leinwand bemalt habe? Ich bitte ihn, mehr zu erzählen. Er sagt, er habe die Bilder der Reihe nach an die Wand gestellt, die Wand reserviert für das Lesen der Bilder; ich hätte gelernt, Linien zu buchstabieren, er habe verbessert. Er habe ein Notizbuch besessen, in seiner linken Hemdtasche mit sich getragen, auf meine Fragen mit Zeichnungen geantwortet, Skizzen, ich hätte sie bei meiner Flucht vergessen. Ich frage, ob mir die Zeichnungen gefallen hätten. Diese Frage irritiert ihn.

Er fragt, ob ich jemals im Herbst das Ackerland besucht habe, den Steinen im Feld gegenüber, den Traktor im Visier, der eggt, sät, einen Schwanz Möwen hinter sich herzieht, die die Samen aus der frisch geeggten Erde picken, weiße Schmetterlinge über das Braune der Sonnenblume gebeugt. Diese Gegend sei flach, das Meer lauere in ihren Buchten, in Eselsohren, ein Rauschen, das niemals schweigt. Stundenlang könne man wandern, geradeaus, den Wolken Richtung Rauschen folgen. Der Horizont sei hier meilenweit sichtbar, in manchen Momenten jedoch verschwimme die Grenze zwischen Himmel und Erde, man gehe geradewegs in die Unendlichkeit, als gehe man in der Finsternis: Die Augen erschlaffen, die Füße ertasten den Boden, der restliche Körper erscheine nutzlos, man gehe unendlich. Die Finsternis jedoch erlaube im Gegensatz zum grausamen Licht ein Pausieren, da man nicht wisse, was dem Jetzt folgt. Das Licht verlocke die Neugier zur Frage, was werde wohl kommen, was. Man versuche zu sehen, die Augen leiten den Weg, man gehe Sisyphos. Ich sage, mir sei die Gegend bekannt, ich sei viel gereist, das Gebiet sei jedoch abgesperrt gewesen, Militärgebiet. Er antwortet, ich hätte das falsche Ende gesehen.

Ich frage, warum er versucht habe, mich zu finden. Er schüttelt den Kopf, winkt ab. Ich verstünde nicht. Ich frage, wie ich geflohen sei. Er sagt, er wisse es nicht. Edith habe erzählt, meine Abwesenheit sei zunächst nicht aufgefallen. Tage später erst habe man die Wohnung leer gefunden. Ich frage, weshalb ich geflohen sei. Die meiste Zeit krank, sei er eine Belastung gewesen. Er sagt, zu viele Abschiede, sieben in zwei Jahren, er habe mitgezählt. Er sagt, ich hätte gesagt, ich wolle den Abschied nicht. Ich entschuldige mich. Ich frage, warum er versucht habe, mich zu finden. Er sagt, er wisse es nicht. Er sagt, ich sei seine Tochter. Wir schweigen. Ich flechte Zöpfe in die Kordeln der Überdecke. Er sagt, ich sei ihm fremd. Er könne sich kaum an mich erinnern. Ich entschuldige mich, erzähle von meiner Tätigkeit als Schreibkraft. Er sagt, diese Geschichte hätte ich bereits erzählt.

Letzter Anlauf: Er sagt, die Löcher an seinem Becken seien mit Narbe verheilt, eine flache Mulde sei geblieben. Er bedankt sich. Er habe gehört, ich hätte die Wunden gepflegt, es sei mir sehr schwer gefallen. Ich hätte auf die Löcher geschneit, der Puder sei in der Arznei geschmolzen. Mit einem Wattebausch hätte ich die Verletzung ausschrubben müssen. Es sei mir sehr schwer gefallen. Die ersten Versuche ein Tupfen, später ein Bürsten, abgeschaut von den Schwestern. Sie hätten mich gelehrt, dass er Schmerzen anders empfindet, dass er anderes

schmerzhaft empfindet, nicht nur aus Gründen der Individualität, sondern auch aus Gründen der Geographie. Erst jetzt bemerke ich die andere Herkunft.
Die Versuche, die Distanz zu überwinden, die mit seiner Heimat verbunden sei, obwohl ich ein Teil von ihm, aber doch abgenabelt, zu früh schon, bereue er.

Er sagt, er hätte mich gesucht, viele Tage, fragt, ob ich auch nach ihm gesucht hätte, ein Mal wenigstens, wenigstens ein Mal. Ich sage, ein Missverständnis, es handle sich um ein Missverständnis. Er sagt, er habe mich gesucht, weil er eine Erklärung brauche. Er sagt, er hätte die Orte der Kindheit gesehen, die ersten Tage der Suche, er hätte die Häuser, die Menschen wiedererkannt, sei aber unerkannt geblieben. Vor sieben Jahren sei Edith gestorben, ob ich es wüsste. Ich sage, ich verstünde nicht, woraufhin er schweigt. Ich sage, er schulde mir nichts, er sei mir fremd. Ein Missverständnis.

Er flüstert, er sei es satt, angeschwiegen zu werden; wenn ich nichts mehr zu sagen habe, solle ich gehen. In diesem Moment widerstrebt es mir, ich sage, ich bräuchte Zeit, mich zu erinnern. Ich frage mich, ob ich ihn auf seine Bilder ansprechen, ob ich ihm die Wahrheit sagen sollte. Der Moment scheint mir unpassend. Ich denke, ich würde ihn enttäuschen, also schweige ich. Er sagt, ich solle gehen. Ich versuche zu sagen, dass es mir leid tue, er unterbricht mich, der Satz sei ihm wohl bekannt, er wisse noch immer nicht, was er bedeute, dass es mich schmerze?, weniger als ihn. Im Fühlen von Schmerz drücke sich der Abstand zu deutlich aus.

Er sagt, Abschiednehmen sei schwer, er bietet mir an, Abschied zu üben. Er hält mir seine rechte Hand hin, sagt »leb wohl«, »auf Wiedersehen« sei falsch. Er bittet mich, seine Hand zu drücken, gleichfalls zu grüßen, danach die drei Schritte in Richtung Tür zu machen, sie zu öffnen und hinauszugehen. Er sagt, wir würden es probieren. Ich stehe auf, gebe ihm meine

Hand, er sagt »auf Wiedersehen«, ich antworte »auf Wiedersehen«, er unterbricht, »auf Wiedersehen« sei falsch, wir sollten es mit »leb wohl« versuchen, ich solle mich wieder setzen, wir würden das Gespräch ein zweites Mal führen, diesmal würden wir uns verabschieden, wie verabredet. Ich gehe vor die Tür, öffne sie, grüße. Er bittet mich, neben sich Platz zu nehmen. Wir haben ausgemacht: Keine Entschuldigungen, keine Erklärungen. Ich frage nach seiner Krankheit, er sagt, die Narben wollen nicht heilen. Wir sprechen über den Himmel, er sagt, er könne sich keinen Himmel vorstellen außer jenen von der Erde aus, ich stimme ihm zu, auch meine Vorstellung von Himmel sei durch den existierenden möglicherweise getrübt. Er lacht, fragt mich, wie es mir gehe. Ich wiederhole bereits Gesagtes, wir schweigen keine Weile. Schließlich stehe ich auf, nehme seine Hand, sage »auf Wiedersehen«, die falschen Wörter, drücke sie, »auf Wiedersehen«, falle aus der Rolle, wollen Tränen wachsen?, er behält meine Hand, ich warte im Dunkel, warte nicht im Dunkel, er lässt sie fallen und sagt »auf ein Wiedersehen«. Wir schweigen. Er sagt, das Üben habe nicht geholfen, Abschied sei keine Handlung, sei ein Gefühl, dies müsse ich schlucken. Dreht mein Gesicht zum Licht, lässt es fallen. Ich sei nicht seine Tochter. Dreht sich zur Wand, er entschuldige sich, steckt den Kopf unter die Decke, das Fremde blende ihn. Ich warte keine Sekunden, gehe. Vergesse zu schlucken.

Verlieren

1.

Ich lerne Keyser durch Zufall kennen. Gehe spazieren auf seine Art, schlafe untertags, gehe ab Dämmerung. Nacht scheint überall gleich, obwohl ihr Geruch wandert. Er trägt ein Fernglas und zwei Lupen um den Hals, die Sonnenbrille steckt hinter den Ohren. Bedeckt sein Gesicht, als ihn ein Lichtstrahl trifft, die Finger sind zu wenige, um die Augen zu kleiden. Brauen dorren gelb, blütenweiß raschelt die Haut. Auf den Lippen schmilzt grauer Schnee. Vielleicht flaumt Bart.
Ich betrachte den Himmel über mir, ich habe schon öfter versucht, Sterne zu sehen statt Punkte. Er grüßt. Er sagt, der Nachthimmel ein Käfig, geöffnet ab Dämmerung. Geschichten schlüpfen, Märchen, Sagen. Dann gebe es keine Unterteilung in Himmel und Erde. Alles sei Nacht, sagt Keyser, alles Stern. Perseus schlafe in den Sternen des Stadtbaums und turne hinter Andromeda. Die Nacht schlucke Licht nicht für jedermann. In seinen Augen der Himmel untertags sei leer, Wolken fast unsichtbar, er habe von Blau nur gelesen. Im Sonnenlicht würden Dinge, Menschen verschwinden, in der Ferne seien Freunde gesichtslos. Nachts habe der Himmel eine Landschaft, Menschen Gesichter, die Welt verliere keine Konturen. Lächelt und sagt, er sei farbenblind.

Ein Singspiel in mehreren Akten, flüstert Keyser, deutet auf den Sternenhimmel über uns. Er werde mir die Nacht erklären. Der erste Akt ein Umweltakt: Der Walfisch plumpst aus dem Fluss Eridanus, auf dem Kopf das Schaf mit dem goldenen Vlies als Beute. Am Ufer bauen seine Pfoten Wellen, fügen dem Wasser Hitze hinzu mithilfe des Apparatus Chemicus. Dürre droht. Andromeda lenkt ihre Fische vergeblich zur Hilfe des Eridanus; an einen Felsen gekettet, verlor sie den Schlüssel zwischen den Sternen. Sie pfeift Pegasus herbei. Im Galopp springen Andromedas Fische auf Pegasus' Rücken, durchnässen die Mähne; die Beine, wasserschwer, regnen in den Fluss. Der Walfisch knurrt, droht mit dem Vlies Löcher ins Flussbett zu bohren. Andromeda ruft Perseus, er solle den Kopf der Medusa auf den Wal richten; versteinert würde er vom Himmel fallen. Perseus zieht sich Sandalen an, lässt sich auf den Rücken des Stieres schnallen. Orions Keule trifft ihn, Medusas Kopf beißt sich frei, segelt auf dem Rücken des Hasen, verfolgt von Orions Schlägen, an den Grund des Flusses. Eridanus erstarrt. Nimmt Steine zu. Frisst steinerne Wellen und steinigen Wal.

Der zweite Akt ein Balanceakt: Bevor die Argo in den versteinerten Hafen einfährt, erwachen Flammen, stecken die Federspitzen des Tukans, die Mähne des Einhorns in Brand, bringen die Linse des Teleskops zum Schmelzen, die Hydra zum Schwitzen; der Löwe im Hochstand der jungfräulichen Krone schleckt Wassertropfen aus der Luft mit ausgestreckter Zunge, um nicht zu verdursten. Vergeblich massiert der Wassermann den Fisch mit Zehen und Ballen, spuckt dieser kein Wasser für Wassermanns Krug. Sein Maul bleibt Wüste. Plötzlich atmet man kühl. Der Tukan erntet Blumen für den kleinen Indianer, Wasser hüpft aus dem Fischmaul, die Hinterflossen des Steinbocks flattern vergnügt, jedoch nur für kurze Zeit. Das zweite Mal brennen die Sterne, der Fluss, sogar der Berg. Phönix pustet Feuerbälle in die Luft, steckt alle an. Erhebt sich später in eine Aschenwelt. Ruß tänzelt bis in den Bauch. Hat man sich ertränkt, setzt man Phönix Wassermann an die Seite, allzeit bereit, den Krug zu kippen. Ein Wölkchen genügt.

Er vermisse Berenice, verkündet Boötes im dritten Akt, Liebesakt. Die weiße Perücke geschultert, verrutscht seine Glatze beim Morgenspaziergang. Er trägt eine Schere bei sich, Kamm und Bürste. Seine Jagdhunde laufen voraus, spüren die Staffeleien auf, die er platzierte, um Berenice zu malen. Wieder ist sie ihm entwischt, nur ihre Haare flaggen im Wind. Boötes lässt von der Hundeleine, striegelt bedächtig ihr brüchiges Haar.

Keyser schmuggelt kalte Finger in meine Hand. Das Streifen der Daunen der Haut. Brückenschleichen von Auge zu Auge. Boötes wünsche sich nur ein einziges Bild. Er habe Berenice nicht einmal gesehen, ihre Haare seien stets leer geblieben.

Reisen wir im Kopf, Dunkelheit scheint überall gleich. Ich fühle nicht, ich wäre wo gewesen, sondern ich hätte geträumt und wäre aufgewacht. Wach erklärt sich nun durch die Abwesenheit von Schwarz, nicht durch den früheren Schlaf. Bilder verliere ich im Licht, wie jedes andere Gefühl; wie sonst ist es möglich, dass ich mich später im Sonnenschein verstecke.
Tümpel grunzen, saugen Sohlen. Abhänge reißen auf, Klippen gähnen vom Fallen. Keyser fragt, wovor ich mich fürchte. Er sagt, er möchte laufen. Wartet meine Antwort nicht ab, zieht mich mit. Ich spüre die Erde kaum, glaube Wind zu treten. Keyser verliert mich absichtlich. Ich fühle bergauf, der Boden macht mich sicher; bergab glaube ich zu schweben, krieche die letzten Meter, vorsichtshalber. Wovor ich mich fürchte, ruft Keyser. Sonnenbrille, Lupen und Binokular schlafen im Rucksack.

Die Maschine ist hart, weich gebunden, mit einem Gebetsbuch zu verwechseln. Seine Eselsbrücke, Farbenfibel, sagt Keyser, in ihr sei gespeichert, welche Farbe mit welcher getragen werde, welche hell, welche dunkel erscheine. Er richte ihren Lichtstrahl auf Dinge und Menschen, sie sauge Farben, zerlege sie in Sätze und spucke sie in sein Ohr. Der Winkel sei entscheidend, falle Licht schräg, sei sie begrenzt behindert, Nuancen, die sie verfälscht erkenne, klein wenig blind, klein wenig blind nur. Die Speicherkapazität enorm für ein Gedächtnis dieser Größe, er deutet klein. Seine Augen, sagt Keyser, liegen in seinen Taschen verteilt, die besten im Hosenfach.
Schwacher Mond, sagt Keyser. Fischt mit beiden Armen in der Luft, fängt in einem Glas Glühwürmchen, schraubt es zu. Die Laterne sei ein Geschenk. Auf Fuur habe es eine Insel der Farbenblinden gegeben, sagt Keyser, er habe von ihr gelesen.

Die Sehbehinderung vererbt von Generation zu Generation. Angeblich eine Gemeinschaft von seinesgleichen. Ihm könne diese Idee kaum gefallen. Im Tageslicht sehe er nicht in die Ferne, die Nähe verschwimme auch, er sehe nur einen Ausschnitt, bestimmte Menschen und Landschaft. Seine Sicht sei in der Weise eingeschränkt, die die Einsamkeit notwendig mache. Heute sei die Bevölkerung auf Fuur ausgestorben.

Farbe sei wichtig, Synonyme für Welt. Spreche er zum Beispiel von Blau, brauche er Himmel nicht zu erwähnen. Dann, frage ich, verstünde er Farben auf eine andere Weise, seine eigene? Würde ich ihm also vom Meer erzählen, das von Erde durchtränkt in einem Sturm so braun war, dass ich glaubte, ich könnte auf den Wellen spazieren, so Erde, dass ich mich über das Wasser lehnte und meine Hand schauen ließ, würde er verstehen? Oder die Wiese, die an manchen Stellen glatzköpfig wird, also falsche, grüne Perücken tragen muss? Er habe verstanden, dass das Meer, normalerweise blau, ausnahmsweise braun, von schwarzen Schuhen Abstand nehmen würde, die Wiese blonde, braune, rote oder schwarze Haare vorziehen müsste, wäre sie nicht Gras. Eine Delle in seiner Stimme, das Gesicht unter wollenen Flügeln versteckt.

Keyser überhört meine Entschuldigung. Ich glaube seine Aufmerksamkeit durch Mitleid wecken zu müssen, also lüge ich: Im Sommer regnet es abends kleine Teiche. Mittags schwitzen die Straßen menschenleer, über dem Horizont spielt Gewitter Ziehharmonika. Im Wartesaal dreht sich kühle Luft aus der Klimaanlage, spuckt auf den Nacken meiner Tante, die ein Tuch umgebunden, trotz Hitze eine Weste trägt. Sie döst. Der Arzt spricht leise, er möchte sie nicht wecken. Er hängt mir eine kleine, lederne Tasche um, sie hängt schwer an meinem Hals, bittet mich, sie mit Bildern und Figuren zu füllen, über die ich gerne spreche; ich hätte noch höchstens zehn Jahre zu leben, ich müsse meinen Atem sparen, die Zeit verlängern bis zur Atemnot. *Die Endlichkeit sei das Anderssein der Unendlich-*

keit, die Unendlichkeit das Anderssein der Endlichkeit. Das eine schließe das andere in sich ein, so seien meine Jahre unendlich, tröstet Keyser.
Während der Rückfahrt sehe ich durch einen Spalt im Morgenlicht eine weiße Flagge winken, bevor mich mein Schlummer überfährt, Keyser fragt, ob es keine Heilung gebe.

Ein Bild: Ich stehe zwischen sieben Sachen, ich habe sie sorgsam in drei Klassen unterteilt, drei Häufchen, die ich jedes in Plastikbeutel packe und in meinen Rucksack stecke, ein Rucksack, älter als ich, da ich ihn durch eine Wette gewann, eine Wette, gewonnen durch Melonenkerne für ein unbekanntes Grab. Ich packe vorsichtig, die Beutel sind rissig, platzen schnell bei Kratzern, schließlich wische ich Staub, halbherzig, ich wische weniger als ich wirble, Staubwirbel, baumeln klein und grau, Flocken von Wolkenformat, nur kleiner eben, kleiner und grau, spielen Luft. Borsten, angesengt mit Wonne, scheren Schmutz wenig, lehnen weiterhin stramm, stramm und sorglos; auch lasse ich lehnen, Rucksack im Huckepack, stecke ich Schlüssel in Schlösser, steige Stufen im Stiegenhaus, schleiche Bögen um König, Zaunkönig, immer spähen und schweigen sie, zaunaus, zaunein, schleiche südwärts.
Das Bild ist folgendes: Rucksack im Huckepack stecke ich Schlüssel in Schlösser, steige Stufen im Stiegenhaus, schleiche Bögen um König, Zaunkönig, immer spähen und schweigen sie, zaunaus, zaunein, schleiche südwärts, Schritte südwärts, als ich Keyser sehe, ferner Schatten. Ich möchte Keyser meiden, vermeiden, zu erklären, erklären zu müssen. Die Straße ist lang, lang und breit keine Seitenarme, eine einfache, breite Straße, befahrenfrei zur Mittagszeit. Keyser kommt näher, ich sehe, dass er keine Sonnenbrille trägt, weder Lupe noch Fernglas schunkeln im Luftmeer. Brauen dorren gelb, blütenweiß raschelt Haut. Auf den Lippen schmilzt grauer Schnee. *Wach erklärt sich nun durch die Abwesenheit von Schwarz, nicht durch den früheren Schlaf. Bilder verliere ich im Licht, wie jedes andere Gefühl; wie sonst ist es möglich, dass ich mich später im Sonnen-*

schein verstecke. Er bedeckt sein Gesicht, da ihn Sonnenlicht trifft, die Hand zu schmal, um beide Augen zu kleiden.

Im Sonnenschein sieht Keyser durch die Finger, da Unkraut in den Augen wächst. Ich verstecke mich im Licht. Geblindet tastet er an mir vorbei, flieht, ohne sich umzusehen in den Schatten der Häuser, von dort in mein Haus, Treppenhaus. Zugluft schnappt wieder und wieder nach meiner Tür, im Schloss schwingen Schlüsselbärte. Helle Balken brauen von der Decke, im Strahl entlaubt sich Staub; die Anrichte trägt eine Glatze, die Kästen sind hohl. Die Farbe der Leere scheint Weiß, Keyser glaubt sich in einem unsichtbaren Raum. Sämtliche Zimmer wüsten still, selbst das Klirren der Nadel stumm.

Keyser kämmt Wände und Böden, schnuppert Verlassen im Bauch. Sonnenschein schimmelt hell. Ferne Autos meeresrauschen von der Straße. Auf der Suche nach einer Antwort, stochert er zwischen Spiegelritzen, glaubt nicht an Flucht, sondern Irrtum, überprüft die Adresse mehrere Male, durchwühlt seine Post und Wohnung, ehe er kahle Blicke in den Bahnhof wirft. Eine Kindergruppe feiert Eis, Menschentrauben hängen an den Uhren im Foyer, Schlangen bändigen Kassen, Pfeifen tanzen nach den Zügen. Er blättert in den Plakaten. Picknickt später unverrichteterdinge auf meinem Parkett mit Wasser und Brot, isst, ohne sich von der Tür abzuwenden; würde er sie nur einen Moment aus den Augen lassen, würde ich unbemerkt kommen und gehen. Er fürchtet, ich wäre gestorben. Vielleicht aber würde ich leben, solange er wartet. Er wacht, die leisen Zehen ein zu großes Wagnis. Durch Stille gelähmt wächst sein Atem flach. Mäht bald Matratzen mürbe. Hört fremd, ob und wie ich jemanden liebe, beruhe darauf, wie seine Eigenart die meine berührt. Wartet Stunden, bald Tage. Wartet.

Inzwischen setzen Handwerker Fenster in alle auswärtigen Mauern ein, bauen das Vorzimmer zu einem Wartezimmer um, montieren an die Theke ein Nummernbehältnis und einen Kärtchenspender. Entführen alte Möbel, schleppen neue ein: Zwei weiße Bänke, Fähnchen, Kerzenständer. Selbstklebende Sterne biegen sich von der Decke. Keyser packt die Gelegenheit, er wird sie nach mir fragen. Versucht, mal in leiser, mal in lauter Sprache Fragen zu finden. Beobachtet ihr Entkommen. Fängt eine ein, lässt sie von der Zunge taumeln. Schnell taucht sie in ihre Ohren, taucht ab, ohne gehört zu werden. Er fastet Fragen fortan.

Auf die Mönchsrasur der Wände fliegt Dispersion. Selten fliegt Farbe auch zu Keyser, er fängt sie, Tropfen, Tropfen von einigem Blau.

2.

Gerüchtweise vermied der Mieter als Kind fernöstlicher Adeliger das Bebauen des eigenen Ackers, besuchte die Universität, nachdem er von der Militärakademie aufgrund besessenen Stotterns verwiesen worden war, studierte Malerei, mehrere Jahre, während derer er die zukünftige Mutter von K. wie Kind in einer Redaktion kennen lernte, wo er Geschichten für Spatzen noch mit Pinsel, Tusche und Farben illustrierte, ihr einen zukünftigen Brief unterschob, ein Dokument, wie er es nannte, das ins Deutsche übersetzt werden musste, natürlich ein Heiratsantrag, den die übersetzende Mutter drei Jahre später erst annahm; nach der Niederkunft lud sich der Mieter als Fremder ins übersetzte Ausland ein, im Bündel ein zukünftig verschollenes K. wie Kind.

Tatsächlich träumen teppichweit Tuben, Pinsel, Skizzen, begonnene, vergangene, dicht verwoben auf dem Rain zwischen Betthort und Staffelei; K. tanzt Seil auf Zehenrücken und Fersen im farbenfreien Raum, wackelt ihren Füßen Platz, bis der Mieter Tuben, Pinsel, Skizzen, begonnene, vergangene, dicht verwoben, vom Rain zwischen Betthort und Staffelei weghäuft, ihr ein Teppichnest frei fegt. Zu Radioklängen knüpft er Kreise, filzt sie nach Form und Farbe, tupft sie fein vom Pinselgipfel. Er sieht sie kaum, Spuren von Farbe auch auf der Brille. Terpentin schlängelt in leeren Wolken durch die Rüstung seiner Nase.
Er sucht nach dem richtigen Pinsel, die richtige Stärke der Borsten, zupft prüfend am Pinselhaar. Wäscht eine Palette leer, gießt neue Farben über alte, sie mischen sich nicht, sie tauchen nur auf. Er lehrt K., den Pinsel zu führen, Kurven, Gerade zu ziehen, ohne zu zittern. Nimmt ihre Hand, führt sie die erste Länge. Hand in Hand malen sie das ganze Bild, anfangs wehrt sie sich, nicht immer ist sie mit seiner Richtung einverstanden,

er versteht, lenkt ein, sie wackelt, verwackelt den Strich, er ist zur Stelle, übernimmt. Noch wird sie nicht sagen, sie schätze eigene Fehler. Er lehrt Bilder zu lesen, buchstabiert Farbe für Farbe, Linie für Linie, Fläche für Fläche, wieder und wieder, selten zieht sie es vor, im Garten zu spielen, dann gibt er nach, bleibt bei der Tür, wartet auf eine weitere Stunde. Er datiert ihre Bilder, datiert sie genau, versieht sie mit Temperatur und Wolkendichte, er schreibt, Montag, zwölfter Mai neunzehnhundertachtzig, vier Uhr, fünfundzwanzig Grad, klar, schreibt, sie spricht bald wie ich.

Zuvor hatte es geschneit, Flocken, ein ganzes Blech, krümelten aus Wolken. Kiesel, gefrorenes Regenwasser, quadern auf Eis zwischen Resten von Ast und Schlittenspuren, Sonne spiegelt sich auf blanker See und grau versinkt hinter ihm das Wäldchen von fünf Eichen. Bildermappen unter den Arm geklemmt, die Schwellen wagte er nicht zu beschreiten, sie blieben ungesehen, Bilder und Schwellen, knirscht er im wüsten Eisbett zwischen Schilfgürtel und Tannenzweigen hilflos ohne K. wie Kind, Sprechrohr, Heimlich-Übersetzer, Wanderstab, erschöpft vom Fluten des Fremdseins, das Kopfbänke bespült, immer und wieder. Eine Festung der schwarz-weiße Blick, zustimmendes Lachen, ablehnendes Weinen, das lachende Weinen im Fratzenschneiden vermisst. Ein Nachfragen, fingerhutvoll, blendet früh ab.

Zurückgekehrt, schläft K. wartend neben der Haustür im Dunkel, die Ohrmuschel an das Holz gepresst, die Wangen feucht. Vielleicht hat sie nachts beim Angeln der Tür an der Kurbel gedreht, die Spieluhr mit Fingerspitzen und Handfläche umschlossen, der Klang abgemagert selbst auf dem Kopf platziert; vielleicht jedem einzelnen Ton gelauscht im Dunkel, wenn Klänge, verhungert, dicker verklingen, als sie sind.

Erklärt flink, der Bleistift huscht schnell, er weiß, K. braucht Zeit, um zu verstehen, er bemerkt die Grotte auf ihrer Stirn. Er fängt ihr einen Vogel, Kanarienvogel, fängt ihn durch ver-

mehrtes Lächeln und Blicken im Nachbarhaus; sie lassen ihn frei, später, er fliegt, verstohlen fliehend. Der Mieter malt, die Beine möchten frei sein, sie tragen den ganzen Tag, sie können die Luft nicht erklimmen; doch schnallen sie sich Flügel um (sie haben sie nur zu entfalten), wird Wind sie tragen, beide befreit. Er hätte noch mehr gemalt, nur kennt er keine richtigen Bilder, er denkt, es habe sie nie gegeben, stöbert im Augentrog, es hat sie nie gegeben. Er hätte noch mehr gesagt, nur kennt er wenig Wörter.
Er geht spazieren, sieht seinen Fußstapfen nach, stapft anfangs Kopf erhoben durch Unbekanntes, Fremdes, es scheint ihm, als seien ihm ungebrauchte Augen gewachsen. Ein Gefühl umgibt seine Schultern, wärmt in Lieblingsfarben, er glaubt sich ständig in einem Traum, meint, er würde fliegen, das Gehen vom Grund; heimlich breitet er seine Arme aus, um zu prüfen, glaubt sich in einem ständigen Traum, meint, *er müsste fliegen ohne zu flattern*, das Gehen vom Grund, Wolken gaukeln tief, wird es das sein, wird es.

Edith: Länglich ist ihre Gestalt, nicht nur Nase und Mund; die Haare eng an den Kopf frisiert, die Brille der Käfig der langen Augen, dunkel und weich. Das Lächeln jedoch ist weit, als es ihn fängt. Sie spricht wenig, spricht spiegelglatt, doch langsam, sie scheint zu buchstabieren. Musiziert mit gerunzelter Stirn in einer Ecke der Galerie, ihr zu Füßen fremder Hausrat. Die Blockflöte, geschnitzt aus hellem Holz, Ahorn?, fragt der Mieter, sei ein Geschenk vergangener Mutter, sie habe Privatunterricht genommen, beim Murmeltier mit violetten Locken, hinter dem rechten Ohr, gerade unsichtbar der vergessene Wickler. Sie musste die Stücke auswendig lernen, vor den Locken und Wicklern spielen, ohne zu kichern. Das Tier habe mürrisch gemurmelt, mürbe gekeift und üben! gezetert nach einem Viertel der ausgemachten Zeit. Den Rest habe sie an einem See verbracht, ein kleiner See, für sie jedoch, zu dieser Zeit, unendlich groß. Das Ziel jener Tage die Umrundung des Sees in vierundzwanzig Stunden. Es schien ihr unmöglich, das

Fahrrad doppelt so groß wie sie selbst, die Zeit zu knapp. Sie habe Proviant gepackt, Proviant für drei Tage, einen Rucksack umgeschnallt, dicke Strümpfe, ein Ersatzpaar, angezogen und sei die ersten Meter gefahren. Im Nebelnässen, später Wind, feuchtes Nest, jagen Neufundländer, ein Paar, Schwalben, eine Schar. Sie hecheln auf eine Insel, sie habe sie zum ersten Mal gesehen, eine Insel verbunden durch eine Brücke in Nierenform, Nischen im Inselwall, Nippflut am Strand und nilgrünes Kraut, Unkraut. Nomaden zelten im Inneren, spielen baufällig Klavier auf nassem Grund. Sie besitzen krumme Augen, keine Federn im Haar, dafür glatte Haut und rauchende Lippen. Er hätte gefragt, welche Federn?, hätte ihm ihre Freude weniger gefallen. Sie sagt, sie sahen aus wie du. Er sagt, er müsse sie um einen Gefallen bitten. Sie sagt, gerne. Er sagt, er müsse sie bitten, für K. zu sorgen, sollte er sie verlassen. Sie fragt, verlassen? Er antwortet nicht, so fragt sie ein zweites Mal, verlassen? und in diesem Wort, das erste Mal, hört er Knoten in ihrer Stimme.

Geht spazieren, sieht seinen Fußstapfen nach, stapft kopfunter, später, viel später, nach dem Fliegen und Gaukeln der Wolken. Die Stadt leert sich bei tausend Blicken, Welt wird weniger, nichts ist fremd bei gleichzeitigem Nichts-ist-vertraut. Flieht in den Schlaf, das Sammeln von Geborgenheit, aber auch Sehnsucht, Zeit verstreichen zu lassen, ohne Zeit verstreichen zu spüren. Träumt Verlorenes: Biegt er im Schnellzug um die Ecke, steht das Rathaus am Sandstrand vor Fischerbooten aus Holz und Email. Ein Leuchtturm trägt himmelblaue Streifen um den Bauch, stapft tief in Lava-Felsen, ragt einäugig weiß über Inselrippen. Ohne Abzeichen darf er nicht an den Steinen lutschen. Sieht nur verzückt verzerrte Gesichter, abzeichentreu, stummeln sich in Schlangen, Reih und Glied. Sonnenlicht fliegt hoch, spiegelt sich im späten Tau, wirft klitzekleine Blitze, sticht scharf, entnimmt seine Augen, bindet sie in ein Tuch und verbirgt sie im Horizont. Er fragt, warum? Es sagt, Bilder gingen unter.

Stetig finden Bäume Laub. Zu Ostern jagen sie Eier in Stanniol und Schalen, in Büschen, Pfannen und Öl. Der Mieter schlummert im Traum vom Heimathaus, mit Ziegeln überdacht, Backsteinmauer umgeben. Himmel schmort, als Raupen Flussbett plätten. Apfelfelder im Rücken vor trockenem Land und einem Hut gegen das Nordlicht, das es hier nicht geben dürfte. Der Mieter wäscht alle Pinsel, ordnet Zeichnungen, Skizzen, Fertiges, Unfertiges, verstaut sie in Kisten, zerlegt die Staffelei, beginnt, Privates zu bündeln, Papiere zu horten, Kleider zu packen. K. fragt warum. Er versucht zu erklären, nimmt Wörter zwischen die Zähne, bringt knirschend die eine, andere Ausflucht hervor. Stottert, sie müsse bleiben, sie habe sich angepasst, er wolle keine Wurzeln ausreißen, er aber müsse gehen, er deutet auf das Haus, das rote Dach, die kletternden Ziegel, Heimat haben. Sie spielen Fang-den-Hut auf dem Weg zum Bahnhof im Taxi, bei jedem Rumpeln sieht K. aus dem Fenster, früher ließ sie ihre Haare flattern, heute reicht kein Wind, schluckt der Mieter eine ihrer Figuren. Beim Abschied bleiben Worte fern, und auch ein Drücken duckt sich in seinen Armen, er spürt Abschied im Bauch, es scheint ihm, als würde er sie nicht wiedersehen, er sagt sich, und doch. Es bricht, zunächst klein, ein scharfer Riss, es bricht bei jedem Abschied, nur einmal, einmal nur, ein unangekündigter Besuch, eine Überraschung, er hatte Schokolade gekauft und ein Bild gemalt, stürzt sie sich in seine Umarmung, unerwartet. Schützt Lachen vor, um ihre Freude zu trösten; doch bricht bei jedem Abschied.

Beim siebten Besuch, er glaubt zu bemerken, dass K. ihn nicht wiedererkennt, sie stützt sich suchend auf fremde Augen, stürzt sein Kopf ein, die Ohren fliegen davon. K. im Nebenzimmer bemerkt es nicht, er stürzt unauffällig. Sie findet ihn Stunden später, die Rettung liefert ihn in die Klinik ein, wo er auf einem rollbaren Bett in der Ecke vergessen wird, da niemand den Vertrag unterzeichnet, laut der das Krankenhaus für etwaigen Tod oder Folgeschäden keine Verantwortung übernimmt.

Sein Gehirn verblutet die Stunden, die Edith braucht, um den OP zu erreichen. K. erfährt erst Jahre später von diesem *Pech*, als sie vor ihrem Abschied ein Tagebuch entdeckt, es kopiert, um von den Umständen der Krankheit auswärts zu lesen.

Die meiste Zeit wach, löchert der Mieter Wände. Man füttert ihn Flaschen, klopft Nahrung von Spritzenspitzen. Sein Gesicht rosig, noch immer der Blutdruck zu hoch, kein Durchfall seit einigen Tagen. K. liest vor, Schriftzeichen der Heimat Strich an Strich neben der fremden Übersetzung, die Kalligraphie gespiegelt von Bild auf Zeile. Sie sammelt Linien, errät Sätze einer vergangenen Sprache; er rät mit ihr, sein Blick auf ihren Lippen.
Im zweiten Jahr heißen ihre Hände Greifzu. Sie nimmt seine Hände, beginnt Buchstabiersalat: Zeigefingerwandern über Form und Farbe, sein spitzer Finger neben ihrem über Berg und Tal, ist Zeit uferloser Fluss. Sein Fingerverein irrt Flora hindurch, stockt mit steinernen Strichen. Geführt von ihrer Hand, sieht er befiederte Fische, passiert Lamettalaub. Sie finden Knospen Vergangenheit in der Gegenwart. Sie lehrt ihn das Sprechen der Bäume, ihr Blütenlachen, Ästefluchen. Zwischen Bleistiftwellen im papierenen Teich die Nadelstation auf seinem Handrücken. Ein Veilchen um das Einstichloch. Schläuche schraffieren Schatten auf seine Arme. Sein Nacken kissengestützt zaubert lachende Augen.

Im Nachjahr wachsen am Becken zwei Wunden, Löcher, vier breit, vier lang, zwei tief, Haut stirbt von den Rändern, Dekubitus, spucken die Ärzte.

3.

Nur noch Ohren und Hände, die leben: Bei jedem metallischen Laut, jedem Sprechen, ballen sich seine Finger zu Fäusten, pressen sich eng an die Brust. K. hat das Lesen aufgegeben, der Mieter reagiert nicht mehr. Kein Bild entlockt ihm Malen, kein Druck Gegendruck. Jede Stunde rollt ihn die Schwester auf die andere Seite, um die Wunde zu entlasten. Der Mieter gähnt, sein Oberkiefer springt aus dem Unterkiefer, er kann den Mund nicht mehr schließen, Knochen knacken auf Knochen. Die Hände zu Fäusten geballt, pressen sich an die Brust. K. versucht, den Kiefer wieder einzurenken, es gelingt ihr nicht. Der Kieferorthopäde krempelt die Ärmel auf, streift sich Gummihandschuhe über, wendet K. den Rücken zu, es kracht, bevor er den Raum verlässt, der Mieter werde das Jahr kaum überleben.
Auf der Wange Schorf, an seinem Kopf die ersten Haare, die nachwachsen, die Naht auslassen. Seine Schultern durch die Seitenlage verschmälert, Kinderschultern. Die rechte Hand zieht am Laken, hält den nackten Oberkörper bedeckt. Ein leises Geräusch, beruhigend fast, das Öffnen und Schließen, dennoch, dennoch Fäustlinge vor der Brust, ein Paar. K. wischt kurz über sein Gesicht. Er lässt die Augen geöffnet, schließt sie nicht, auch nicht, als sie sie mit ihren Händen bedeckt. Eine Schwester bittet sie, ihr behilflich zu sein. K. packt ihn bei den Beinen, die Schwester bei den Schultern, sanft drehen sie ihn zum Fenster. Die Krankenschwester verabschiedet sich flüsternd, K. winkt ihr zu, wartet, bis sie im Gang verschwunden ist, nimmt ihre Jacke, die Reisetasche und drückt seine Hand, die freiliegende, rechte Hand, jene, die am Laken zieht, und geht, *Merkmale zweiter Flucht.*

Im vierten Jahr: Er erholt sich in Käferschritten der Weissagung des Arztes zum Trotz, lässt sich wieder im Rollstuhl

durch den Garten fahren, verliert Verbände und auch die Löcher an seinem Becken, vier breit, vier lang, zwei tief. Edith kämmt seine Haare, modelliert für ihn eine Klappe zum Abdecken des Loches direkt unterhalb seiner Kehle. Sie lehrt ihn die Sprache der Fremde, nun nicht mehr fremd, hat er vieles vergessen, ist ihm vieles vollkommen unbekannt. Sie lehrt ihn die Sprache der Fremde, Fluchen und Lachen, sie lehrt Wörter, nicht Bilder. Bilder bleiben ihm vertraut, *Knospen Vergangenheit in der Gegenwart*, die Bildersprache zu sprechen, ist ihm jedoch nicht mehr möglich, seine Hände lassen sich nicht mehr verknüpfen. Fast scheinen sie leblos, liegen in seinem Schoß, wollen getragen werden, Ballast. Papieren blättert er durch die Straßen der Stadt, erinnert sich kaum, er glaubt, er hätte geschlafen, Dornröschenschlaf, und sei erst vor kurzem erwacht, die Welt vor dem Schloss hätte sich wenig gewandelt und doch mehr, als er dachte.
Eine Fotografie fällt ihm in die Hände, das Bild von einem Mädchen, die Tochter, sagt Edith, ehe sie ihn verlässt, er sei genug gesundet, sie zu müde, um ihn weiterzupflegen, hager ist ihre Gestalt, nicht nur Nase und Mund, die Haare eng im Weiß frisiert, die Brille bleibt Käfig der langen Augen, dunkel und weich. Da er gesund ist, schafft sie es kaum, ihn anzusehen oder zu berühren, sie geht kopfunter fremde Pfade. Er hält sie nicht zurück, ruft ihr nur nach, wo er die Tochter finde. Sie schüttelt den Kopf, in der Ferne fühlt sie sich sicher, sie sieht ihn an, fester Blick und plötzlich spürt sie ein Schweben, Fallen im Bauch, *Frosch im Hals spielt Jojo*, spürt ihren Mund und wirft ihm ein Lächeln zu.

Im Bildwerk züchtet der Mieter Erinnerung, sie wächst stetig, schummelt sich größer, als sie ist, Fotografien ersetzen Erlebtes und vieles erscheint ihm fiktiv, wenn auch von weitem bekannt wie K. wie Kind. Ordnet Alben neu, ordnet sie nach echten und unechten Erfahrungen. In diese gräbt er sich ein, mundet Fremdes gut, wenn auch mangelhaft. Eine Erinnerung an seine Tochter, in diese gräbt er sich ein, mundet Fremdvertrautes gut, wenn auch gebrochen. Er erinnert sich an das Üben der Vatersprache, das Ästefluchen, Bäumelachen, weit verzweigt, erinnert sich an die Orte der Kindheit: Brombeeren beißen im Bergwerkswald, bronze brutzelt die Sonne, duckt vor Enten und Tauben, die Wasser graben und ernten. Querwaldein, östlich im Dschungel, ein Wildschwein mit angesengten Borsten klebt an seinen Fersen, frisst rüsselnd Briefe, Antworten auf Bitten des Mieters um Hilfe bei der Suche nach seiner Tochter. Der Mieter malt Briefe, und mit den Erinnerungen, echten und unechten, den Bildern, vielen, vielen Bildern, klingt Vertrautes an, lang Vertrautes, das erste Greifen, Tauchen und Rühren von Farbe, ein Streichen und Wärmen von Blatt und Hand.

Baumelt nordwärts über den Ozean an die Küste, buckelnde Küste, wirft Briefe in schmale Ströme, sie plumpsen Kreise, bevor sie ertrinken beim Umriss früher Sonne. Die Bar ist voll, der Mieter fragt nicht, schreibt Briefchen, pustet sie in die Menge, die sie ignoriert. Geburtenschwach das westliche Gebirge, gerade noch Gebirge, gedrängt sitzt es zwischen Feldern und Tälern von fettem Grün, ein Gedröhne nachbarlich von Schafen und Lämmern nur, Wollläusen und Breitschwänzen. Er schickt auch Flaschenpost, verriegelt den Flaschenhals mit Flaschenwachs, erstanden in einem Geschäft rund wie ein Flaschenbauch, ein Kropf schwätzte auf ihn ein, der Mieter ist unsicher, ob er ihn richtig verstand, die Anleitung steckte er ein, vergaß sie am Bach und verschwendete Siegel, haufenweise. Er streute die Flaschen ins Gras, fettes Grün, Wollläuse und Breitschwänze schienen sie nicht zu stören, sie rollten auf halbem Weg in die Luft, in Augenkontakt mit dem Mieter, er schnappte sie sich wieder mit einer Hand. Nach den Fliegen, Schafen und Gelsen, nach all den Briefen, bunten Briefen, müde vom Suchen, gibt der Mieter die Mundschaft auf, murkst wärts, ein Heim noch zu suchen, das letzte.

Im Straßengenuschel, Hausnoppen überkopf, Gerank von Ampeln und Lampen, fechten Äste zweier Bäume, Birke und Buche, turnen bei Rückenwind Felgaufschwung. Eine Brücke anbei, reine Rampe für Laufen und Fliehen vor Hupen. Vielleicht dämmert es linde, ein Gelispel, nervöses Lispeln der Sonne beim Untergang, stilles Rot, der Mieter seufzt, gräbt Gleise mit hohem Absatz, eine Schneise fürs ruhige Abendrot. Vielleicht flitzen Blitze am Himmel, Blitze von punktiertem Weiß, flitzen nicht, lachen kurz, vielleicht lachen Blitze von punktiertem Weiß. Hält verstohlen Händchen, eigentlich nichts, rein gar nichts im Kopf, nur ein Spüren und Hören, brummt nach schiefen Noten, peinlich berührt, doch grinst sein Augenzwinkern Hilfe. Man schüttelt ihn, hievt ihn auf die Bahre, Sirenen begleiten ihn, Blitze von punktiertem Blau lachen im Himmelweiß. Der Kopf sei eingestürzt und die Ohren davongeflogen, sagt man, ein zweites Mal, doch sei er nicht hart gefallen dieses Mal, der Aufprall weich. Halbes Heilen, heilt rasch. Vollständig wird er nicht bleiben, ein Veilchen auf seinem Handrücken, das Gesicht kahl geschoren, auf der Stirn eine Naht. Musik sein pünktlicher Atem.

Er hat von der Fähigkeit zu sterben gehört und glaubt diese Gabe zu besitzen. Der Anruf kommt erwartet, ich habe versprochen, nach einem Monat auszuziehen. Der Mieter, in Begleitung seiner Gemeinde, grüßt klein. Man schiebt ihn im Rollstuhl, er dirigiert nur die Richtung. Von hinten ein Kind, der große Kopf auf schmalen Schultern, die kurzen, kalten Beine, zwischendurch *rückenlang*. Schläuche schraffieren Arme, die Naht auf der Stirn unterbricht seine Haare, sie welken büschelweise. Er sagt, Fenster müssen in alle auswärtigen Mauern eingesetzt werden, er möchte Welten im Glas, Augen auf Sonnentauchgang. Er sagt, er wünsche sich ein Wartezimmer, ein Nummernbehältnis an der Wand, einen Kärtchenspender für die Theke. Ich frage, was er plane. Er sagt, er plane ein Fest, mehr wolle er nicht verraten. Ich frage, ein Fest. Er sagt, eine Feier. Ich frage, eine Feier zur Genesung? Er verneint, eher ein Abschiedsfest, lächelt verlegen, als ich frage, ob es ihn auswärts führe. Er sagt, die Rituale der Väter im Kreis der Familie, mit Freunden, Bekannten, auch Fremden vollzogen, beschwören die Geister der Ahnen. Rauch habe eine besondere Bedeutung. Ich frage, von welcher Bedeutung er spreche. Er sagt, Rauch sei eine Brücke, mehr wolle er nicht verraten. Ich sei herzlich eingeladen. Ich sage, mich freue seine Einladung, ich sei nur sicher, nicht teilnehmen zu können, auch mich führe es auswärts. Er fragt, aus einem bestimmten Grund? Ich sage, ja, ein bestimmter Grund, eine Lüge. Er sagt, ob ich nicht die Wahrheit sagen könne. Nein, sage ich, das sei nicht mehr möglich, ich hätte mich bereits entschieden. Er sagt, er habe den Eindruck, dass mich die Entscheidung nicht glücklich mache. Seine Worte wackeln, meine auch. Ich sage, ich dürfe mich nicht an Menschen gewöhnen, ich wolle den Abschied nicht. Ich lache. Er lacht auch. Dann sagt er, er habe Ähnliches schon einmal gehört von seiner Tochter, war es die Tochter, die Ähnliches sagte? Er fragt ein zweites Mal, war es die Tochter, die Ähnliches sagte? Man stimmt zu, der Kreis der Gemeinde stimmt zu, ja, sagt man, die Tochter. Das sei unerfreulich, sagt er, dass ich ähnlich denke, es zerstöre viel. Ich sage, es sei nicht mehr zu ändern. Er sagt, er wünsche mir viel Glück auf der Reise. Eine Frage noch, hält mich am Ärmel zurück, ob ich Flugzettel lese. Ich sage, sicher. Er sagt, das freue ihn, wirklich. Er fragt, wie stünde es mit Flaschenpost. Ich sage, man habe mir noch nie Briefe per Flasche geschickt. Er sagt, er stimme mir zu, eine ungewöhnliche Methode, doch er könne sie nur auf ungewöhnliche Weise erreichen, wisse er eigentlich nicht, ob sie noch lebe. Auf die Mönchsrasur der Wände fällt Schatten. Bevor er sich verabschiedet, sagt er, er wünsche sich selbstklebende Sterne an der Decke.

4.

Die Einladungen, stoffweich, steigen gemächlich, Wolken von weißem Papier, als wären sie Himmel, springen von Fingerkuppen mit ganzem Flügelgewicht, durchkraulen die Luft in einigen Sätzen: In Keysers Augen sind sie unsichtbar, nur Buchstaben fliegen. Manche werden von Vögeln gefangen, geschluckt, in Nester geflochten, der Spatz kleiner als das schwebende Blatt. Glasflaschen trinken die restlichen Einladungen, klirren flussabwärts, zerbrechen die Ladung zwischen Zweigen. Stille Post trägt die Nachricht der Feier von Mund zu Mund.
Die verletzte Hand ritzte den Text, wenige Wörter nur, auf das Blatt, es krachte klein in den Fingern. Keyser saß ihm gegenüber, beobachtete jeden Strich. Schriftzeichen der Fremde Wort an Wort neben der vertrauten Übersetzung, die Kalligraphie gespiegelt von Bild auf Zeile. Und mit einem Mal, noch beschäftigt, sehr beschäftigt, hob der Mieter die Augen, bedingt ließen sie Licht passieren durch braune Vorhänge, die, noch feucht von der Morgenwäsche, Lichttropfen bündelten, trockneten, und sah ihm, Keyser, ins Gesicht.

Zwei gedeckte Tische, der größere der Buffettisch, der kleinere für Weihrauch; auf einem Stuhl die unscharfe schwarz-weiß Fotografie des Mieters, andere Bilder gibt es nicht. Frauen bringen Campingkocher, bereiten Gerichte im Wohnzimmer zu, während Männer Geschichten erzählen; geht dem einen der Atem aus, übernimmt sein Nachbar. Sie kochen, sprechen die ganze Nacht, ein Brodeln, Bröckeln, einsames Schweigen; dunkles Schupfen, helles Kehlen von späten Vokalen, sie sprechen, ohne Keyser zu sehen, sprechen Gurken, Tomaten und Reis, dann glaubt Keyser ihre Sprache zu verstehen, lacht mit. Mittags arrangieren sie Speisen auf dem Tisch, drehen rote Früchte und Fischköpfe nach Osten, weiße Kuchen und

Kekse nach Westen; setzen in die erste Reihe Früchte, in die letzte Süßigkeiten. Sie stellen Requisiten auf, ein Wandschirm mit der Kalligraphie des Namens des Mieters, Kerzenhalter und Räuchergefäße, servieren die gekochten Speisen in einer bestimmten Reihenfolge, stets Fleisch, dann Fisch, zuletzt Gemüse und Obst.

Vier Stunden später überfluten acht Bullaugen den Wohnraum mit Frühlingslicht. Auf dem blauen Teppich schaukelt man mit roten und gelben Gesichtern im Ventilatorwind, Veilchenteller in den Händen. Schriftzeichen auf einer Flagge, deren Kordel Saltos schlägt. Kerzenstummel zwischen Fleisch, Fisch, Gemüse und Obst: Gedämpftes Brot, gedünstetes Fleisch, gebratener Fisch, gehäuteter Apfel, gekochter Reis trommelt mit zwei Stäbchen. Reiskörner im Binnensee, flüchten den Schüsselrand entlang. Blumengedeck: Rosen, Tulpen. Keyser bemerkt die fremde Frau zunächst nicht; sie bleibt unschlüssig im Türrahmen stehen, hält Abstand zu der Gemeinde. Man kündigt an, die Rituale würden in Kürze beginnen, es könne sich niemand an den korrekten Ablauf erinnern, die Unvollständigkeit müsse man unbedingt verzeihen. Auf den Bänken häufen sich Schleier, Handschuhe, Hüte und Taschen. Die Kerzen werden angesteckt, Teile der Volkstracht verteilt. Man entzündet Räucherstäbchen, verbeugt sich tief, gießt Wein in drei Becher, verbeugt sich ein zweites und drittes Mal. Durch den Rauch der Stäbchen würden die Ahnen auf die Tafel herabschweben; der Wein sei eine Einladung, den Kranken sicher heimwärts zu führen. Wieder verbeugt man sich, bietet dem Geist die Speisen dar, bevor man selbst zugreift. Erst jetzt bemerkt, begrüßt die bunt gemischte Gemeinde die Frau mit einer Verbeugung, reicht ihr einen Teller, drängt sie, ihn zu füllen. Sie wirkt unentschlossen. Man umringt sie, bietet ihr Hilfe an, flicht in das Schaufeln, Schöpfen Grüße ein: Die Tochter des Mieters habe man keineswegs erwartet. Versichern ihr herzlichstes Mitleid, sie sei vermutlich vom Warten geschwächt, die Krankheit ziehe sich bereits das letzte

Jahr hin, leider seien die Ärzte verzweifelt, sie wolle ihnen die taktlose Bemerkung verzeihen, als Zeichen ihres guten Willens den Teller nehmen. Sie lehnt dankend ab, man besteht auf die Wiedergutmachung, begleitet sie an das Buffet, drückt ihr frischen Nachschub in die Hand. Jahresknospen, trösten sie, habe er viele geknackt, Trauer sei sinnlos. Sie hätten nicht gewusst, dass der Kranke Familie besessen habe, sie seien jedoch froh, dass sie ihre Einladung erreicht habe; ob sie sie aus der Luft fischen musste? Sie sagt, es handle sich um einen Zufall, Irrtum, sie wird unterbrochen.

Man wartet redselig. Sätze vertreiben nur Zeit, sagt die Frau. Wohin, fragt man, wohin vertreiben Sätze Zeit. Sie stammelt Schweigen. Mit wem warte sie sonst, fragt man, mit Kindern und Ehemann. Alleine, sagt sie, sie warte alleine. Man bemitleidet ihre Verwirrung. Früher habe sie hier gewohnt, sagt sie, die Züge nicht nur gehört, auch gespürt. Sie habe sich als Kind nie vor der Dunkelheit gefürchtet, sie habe keine Dunkelheit gekannt, Finsternis sei stets mit leisem Scheinwerferlicht verwoben gewesen. Das Licht sei auf ihr Bett gerieselt, die Wände und Böden, mit Rattern verschmolzen. Sie habe Flocken gezählt, statt Schafe. Man lächelt höflich. Eine eigenartige Geschichte, sagt sie, beim Besuch im Pflegeheim treffe sie auf zwei alte Verrückte, Iris und Adèle, und auf ein Bild, ihr vertraut und doch fremd in der Art, in ihm reisen zu können, auch durch die Nacht. Sie sagt, das Bild sei Heimat, verstehen Sie. Man sagt, man verstehe nicht.

Schriftzeichen auf einer Flagge, deren Kordel Saltos schlägt. Sie umkreist den Tisch, an ihren Fersen die Gemeinde, versucht die Zeichen zu lesen. Man liest sie ihr vor, klatscht erneut erfreut in die Hände, die Kalligraphie sei gut gelungen. Sie bittet, den Namen des Kranken zu wiederholen. Sonnenlicht flutet den Raum, man duscht im Strahl, schließt die Augen; die Helligkeit blende, die Wärme jedoch tue gut, seit Tagen rolle es Regen vom Himmel, dies seien die ersten

Boten der sammelnden Bäume, Laub und Licht. Die Kalligraphie noch in den Händen, nimmt man sie ihr ab, sie besäßen kein Dutzend davon, später werde man sie aus dem Fenster flattern lassen. Jacken zu Hüten und Handschuhen gehäuft, ein schwarzer Hügel in der Mitte des Raumes, ein Sonnenfleck auf dem Gipfel. Man streichelt, tröstet, als einzige Tochter sei ihr Trauer verziehen. Sie sagt, die Einladung sei ein Irrtum. Man schweigt. Sie fragt, ein Fest, Fest wofür. Man sagt, ein Abschiedsfest. Sie fragt, Abschied, weshalb Abschied. Man sagt, als Tochter wüsste sie schon warum. Sie sagt, sie sei nicht die Tochter. Man sagt, sicher sei sie die Tochter, warum sonst sollte sie kommen. Sie sagt, Neugier, natürlich Neugier und der Wunsch, eines dieser Bilder zu besitzen. Man sagt, sicher sei sie die Tochter, Einbein habe sie erwähnt. Sie wiederholt, es handle sich um einen Irrtum. Man überhört geflissentlich, ruft ihre Nummer auf.

Zurückgekehrt, vergisst sie zu schlucken. Sie starrt auf das Porträt des Mieters, versteht, versteht mit einem Mal. Keyser buchstabiert ihr Gesicht, glaubt, geblendet durch das Frühlingslicht, *mich* zu erkennen, genug gewartet zu haben, die Heimgekehrte nun greifbar nahe.
Sie nimmt Urlaub vom Abschied. Überlässt den Raum eiligen Schritten, ihre Wangen waschen sich willig im Wind. Ein Stück Schatten klebt noch an der Wand, als Keyser ruft, warte, der Boden fällt und mit ihm das Licht.

Inhalt

Umschlag: & Co
Layout + Satz: AD
Herstellung: Finidr, s. r. o.

ISBN 3-85420-662-3 (Normalausgabe)
ISBN 3-85420-663-1 (Vorzugsausgabe)

Literaturverlag Droschl Alberstraße 18 A-8010 Graz
www.droschl.com